gl

Dello stesso autore:

ROMANZI
«Ciclo degli ultimi»
Il quinto stato
La vita eterna
Un altare per la madre
Mai visti sole e luna

«Ciclo del terrore»
Occidente
Storia di Sirio

«Ciclo della famiglia»
La malattia chiamata uomo
La donna dei fili

«Ciclo della coppia»
Il canto delle balene
Il Super-Baby

«Ciclo dei primi»
La Terra è di tutti

POESIE
Liberare l'animale
Dal silenzio delle campagne

CRITICA
Il mestiere di poeta
Il mestiere di scrittore
Letteratura e classi subalterne
Avanti popolo
Il santo assassino
Conversazione con Primo Levi

IN EDIZIONE SCOLASTICA
Un altare per la madre
Storia di Sirio

IN EDIZIONE TASCABILE
Un altare per la madre (Tea)
Il quinto stato (Tea)

Ferdinando Camon

Il canto delle balene

Garzanti

In questa collana
Prima edizione: aprile 2000

ISBN 88-11-66876-X

Giustificazione

- non ne sono affatto pentito - I'm not at all sorry.
- Se lo merita - he/she deserves it
- non perché anche lei mi tradisca.
  - not even because she betrayed me.
- corse a raccontarlo al suo analista
  - ran to tell her analist.
- È come se io non facessi l'amore con lei
  - It is as if I did not make love with her...
- Ho voluto crearmene subito un altro
  - I wanted to create another one immediately...
- Che fino a due ore prima mi sarebbe sembrato assurdo e impensabile. - that would have seemed absurd and unthinkable until two hours ago.

Questa è la storia di come ho tradito mia moglie e non ne sono affatto pentito. Se lo merita. Non perché anche lei mi tradisca: so bene che non mi tradirà mai. Però fa qualcosa di peggio, qualcosa che risulta a me assolutamente intollerabile: appena ha fatto l'amore con me, corre a raccontarlo al suo analista. È come se io non facessi l'amore con lei, ma con lui, o come se lei lo facesse con lui, non con me.

Prima, la mia vita intima era mia, adesso non ho più niente di segreto: c'è qualcuno, che io non conosco, che sa tutto di me. E senza segreti non si può vivere: ogni uomo ha il suo. Così, ho voluto crearmene subito un altro, con quella che era stata la migliore amica di mia moglie. E questo tradimento — che fino a due ore prima mi sarebbe sembrato assurdo e impensabile — adesso mi fa sentire meglio.

Quell'amica non la vedevo da vent'anni, ma son certo che la rivedrò. Tuttavia non mi sento, e non mi sentirò mai, un adultero: anche mentre amavo sentivo di restare - I felt I was staying -

una che non era mia moglie, sentivo di restare, come vuole la mia natura, «fedele».

Ho bisogno di capire bene queste cose, e per arrivare a capirle la strada migliore è quella di vedere come sono andate, partendo dall'inizio.

· fedele - faithful.

Il canto delle balene

Parte prima

C'è sempre stata parecchia confusione nella mia famiglia, anche nei nomi. Come si chiama mio figlio? «Franz» o «Frank» lo chiama indifferentemente sua madre. Quando lo chiama così, ho l'impressione di essere tra stranieri: una signora che non conosco chiama il figlio di chissà chi, per dirgli chissà che cosa. Affari loro. La figlia si chiama Titti. Anch'io la chiamo così, ma non so perché. Perché il suo vero nome è Monica. Tra Monica e Titti non c'è nessuna relazione. Quando chiamo «Titti» provo una sensazione che mi disturba: un padre sconosciuto, attraverso di me, chiama una figlia che non ho mai visto, e le dirà qualcosa che non ascolto.

Il nome dovrebbe servire a «prendere» una persona. Mia moglie sbaglia i nomi degli altri perché è sbagliato il suo. Mavina, si chiama. È un'abbreviazione: lei in realtà si chiama Maria Vittoria Narni. A chi verrebbe in mente un'abbreviazione del genere? A nessuno. È stata lei ad affibbiarsela, quand'era studentessa universitaria, e stava sempre insieme con la Marina. Tutti confondevano una con l'altra. Adottando un nome ricalcato su quello dell'altra, mia moglie ha reso permanente e inestricabile questa confusione.

Due figli abbiamo, siamo sopra la media. Le coppie che fan meno l'amore sono quelle che fanno più figli. I Francini sono sposati da quando noi, e figli, zero. Però si vede subito che fanno un gran lavoro a letto. Lei più di lui. Ovunque sia, pare che sia sempre a letto: quando mangia, quando guarda la TV, quando riceve ospiti. Ha un modo di sedersi sul divano o sulla poltrona, agitandosi continuamente, ruotando la testa, girandosi di scatto, che pare disarticolata, fatta apposta per le capriole. Come le rivolgi la parola, si blocca, apre la bocca e ti guarda incantata: come in orgasmo. Dopo cinque minuti che è con un ospite, tira su le gambe sul divano, le ripiega sotto il sedere, e se deve raggiungere un posacenere non fa che spostare il centro di gravità sporgendo il seno. Di qualunque cosa si parli, lei ascolta con aria assente e seducente, come se dicesse: «Non so se sono, però godo». Cara, calda Francina: quando morirai, saremo tutti un po' vedovi. L'unione con te è per il marito come una lobotomizzazione: se era intelligente, non lo sarà mai più; ma se aveva problemi, sono spariti per sempre.

Ci sono donne invece che sono per i problemi come una nave per le mine: li richiamano a galla, e li fanno esplodere. La mia è così.

L'altro ieri torna a casa, ci sediamo a tavola, si

comincia a mangiare e dopo due forchettate mi fa — come se le venisse in mente proprio allora — mi fa:

«Dovresti venire anche tu, domani».

«Venire dove?» chiedo io. Mi difendevo, istintivamente.

«Dall'analista, toh».

«Come dall'analista? Non ho nessun bisogno dell'analista».

Cosa le passava per la testa?

«Dicono tutti così, prima».

«Tutti chi, scusa? E prima di che cosa?». Non capivo ancora.

«Prima di andarci. Poi magari non smettono più. Qualche volta, caro, succede che è lui che resta dall'analista, mentre lei smette: perché se lei soffre, può darsi che il malato sia lui».

Mi cadono le mani.

«No, guarda, che il malato sia io, qui dentro, non me n'ero mai accorto. Io non ho niente da dirgli. E poi, sai che ti dico? Se l'analista vuol parlarmi, chieda un appuntamento e venga da me».

«Ma è un test — fa con quella voce infantile, asessuata, che le vien fuori quando si lamenta —, è un test, si fa sempre un test alla famiglia quando uno va in analisi».

«Come, alla famiglia? Vuoi dire che devono venire anche i figli?». Se c'è una cosa che ho sempre odiato, in mia moglie, è quel suo modo di introdurre le scelte di sghembo, senza fartele vedere.

«Ma i figli non fanno difficoltà. E poi è istruttivo, potrebbero capire qualcosa di utile. Sentono tanto parlare di analisi, in questa casa!».

«Già, solo in questa, però. Comunque, guarda, se c'è qualche ragione seria per cui io debba venire, verrò... a che ora?».

È stato lì l'errore, avevo ceduto. Ma non sapevo cos'era, questo test. E come potevo saperlo? Io sono un uomo normale, un lavoratore. Quando uno si sposa, mica gli spiegano queste cose. Almeno, non ancora.

«Alle 18».

«... Alle 18, ma i figli lasciamoli fuori. Portali da tua madre, visto che la mia abita lontano, e sta male...».

«... Sta sempre male».

Questo era un colpo basso: combattere il marito attraverso sua madre. Nei primi anni di matrimonio lo facevo anch'io, poi avevamo stabilito una regola:

«Questo non ti riguarda, abbiamo detto che dividiamo i parenti, io mi tengo i miei, tu ti tieni i tuoi. Intesi?».

«Intesi, e non ti scaldare».

Non capisco se ci siamo intesi sui bambini, o sui parenti. Sui parenti, evidentemente, visto che i bambini, il giorno dopo, alle 18, sono già lì, con la madre, nello studio dell'analista.

È uno studio normale, forse un po' più ambiguo dei soliti studi di professionisti. Tutti gli studi per clienti singoli, da ricevere su appuntamento, hanno un'atmosfera un po'... sensuale. Specialmente quelli fiscali. Sono pensati per creare intimità, spontaneità, abbandono. Hai l'impressione che lì dentro tu possa dire qualunque cosa, liberamente, senza responsabilità, perché appena sei uscito e hai varcato la soglia, non vale più. Ti danno, insomma, un senso di... immunità. C'è una moquette così alta, che a muoversi lì sopra si ha la sensazione di restare impigliati con le scarpe. C'è la doppia porta. Quando c'è la doppia porta, non capisco mai se colui che entra deve chiuderle tutt'e due. Forse gli altri lo fanno, ma a me non mi viene spontaneo. Mi sembra... troppo impegnativo, perché è un'operazione che dura a lungo: tu chiudi una porta, con precisione, poi guardi colui che ti attende, ti giri, afferri l'altra porta, la accompagni e la accosti con precisione, poi torni a guardare colui che ti attende e avanzi verso di lui. Ho l'impressione che un'operazione così lunga e meticolosa significhi: ‹Prepariamoci bene, perché diremo cose capitali›. Poi le devi dire sul serio. Per questo chiudo sempre una porta sola, per sentirmi... disimpegnato. Faccio così anche dall'analista: mi libero subito, prendo posto e guardo anzitutto mia moglie.

«E così, li hai portati», le chiedo, indicando i bambini.

«Eccolo qui, il mio Franz», lo tiene in piedi fra le gambe, e chinandosi gli dà un bacio sulla testa, «eccola qui, la mia Titti», ce l'ha a destra, e il bacio glielo dà sulla fronte, «ma loro sono intelligenti, e questi sono test d'intelligenza, vero Titti? vero Frank?»: gli ha già cambiato nome, come se il bambino di colpo fosse diventato un altro.

«Beh, almeno lasciamoli assistere, non tiriamoli dentro. Se c'è qualche test, facciamolo noi. Io sono pronto», e guardo il dottore.

Mia moglie s'è incupita:

«Io sono pronto, dice, ma intanto vuole escludere i bambini, cos'hai paura che dicano i bambini, eh? E poi, se dev'essere un test sulla famiglia, ci vuole la famiglia, no?».

Ha parlato con foga, come quando le monta l'ansia. Lei ha spesso questi attacchi di ansia. Il dottore dovrebbe dirle: «Stia calma, signora». Invece, sta zitto. Anzi, è ancora in piedi, accanto alla scrivania. So solo che è un americano, della California, di Palo Alto, e ora che lo vedo è come me l'aspettavo: supernutrito. Grasso, cioè. Sta seduto con una chiappa sulla scrivania, dalla parte di là. Non ci siamo ancora salutati, e adesso è troppo tardi. È un uomo sui cinquant'anni, in pullover, senza giacca, senza cravatta, come se fossimo a casa sua. Forse qui siamo a casa sua. Finora ci ha guardati. Fuma. Forse adesso parla. Eccolo:

«Bla, bla, bla. Ecco Franz, ecco Titti. Li portiamo dentro, li lasciamo fuori. Ma loro sono qui, no? Fogliamo lasciar loro parlare? E, anzitutto, fogliamo far loro sedere?».

Parla l'italiano come un tedesco, infatti *è* un tedesco, anzi un austriaco: un austriaco trapiantato in America. Gli americani volevano comprare Freud, poi hanno scoperto che Freud è morto, e allora comprano i suoi discendenti.

Frank è in braccio alla madre, cioè è dritto in piedi tra le gambe di lei, mentre Titti è un po' in disparte, in piedi anche lei. E così, davanti alla scrivania del dottore, ci sono due sedie vuote, tra mia moglie e me. Il dottore le indica con la mano:

«Fogliamo occupare un po' queste di sedie?».

Frank, che è in braccio a sua madre, non si muove, e così tocca a Titti avanzare: fa tre-quattro passi, e si siede, visibilmente a disagio.

«Adesso c'è una sola di sedia libera, sedia centrale. A chi tocca questa sedia? A chi?». Ha un modo di parlare che par che ti mangi. Ha una r dura, da mascella inchiodata.

Probabilmente Mavina è convinta che il test d'intelligenza sia già cominciato, perciò si protende in avanti e risponde subito:

«Ma è sua, dottore».

«No, macché mia», fa il dottore, agitando la mano come se volesse allontanare qualcosa. «Io mi prendo questa qua», e tira fuori una sedia da dietro la scrivania. «Quella infece è sedia riserfata a chi sta peggio di tutti. Fediamo fediamo, chi è che defe sedersi su questa di sedia?».

Frank fa un movimento, ho l'impressione che sia lui a voler occupare la sedia vuota: invece si è semplicemente assestato dov'è, tra le ginocchia della madre, anzi si è messo di traverso e su quelle ginocchia si è seduto. Siamo tutti immobili. Il dottore soffia una boccata di fumo verso il soffitto. Aspetta. Ha un sorriso ebete sulla bocca. Aspetta ancora. Ed ecco, succede una cosa a cui nessuno aveva pensato; non io, almeno. La persona che sembrava la più sistemata di tutte, la madre, seduta da tempo e per di più con un figlio in braccio, dà una spinta al figlio, lo caccia giù dalle sue ginocchia, si alza e va di slancio a sedersi in faccia al dottore. Frank, perplesso, si siede sulla sedia così abbandonata. Mavina guarda il dottore con un'aria... trionfante.

«E così — fa il dottore, scendendo dalla scrivania e andando a sedersi sulla sua sedia — famiglia è sistemata, ognuno a suo posto. E lei — guarda Mavina — ha proprio bisogno di precipitarsi su questa di sedia, a fare la pazza. Per paura che qualcuno arrifi prima di lei». Pazza, l'ha chiamata. Parla chiaro. Bravo. Sessantamila all'ora, mi prende. Meritate.

Le ha dato del lei. Mi sorprende. Pensavo che si dessero del tu. Questa è una seduta anormale, di solito penso che si dicano delle cose più intime.

«Chi è che potrebbe sedersi su questa di sedia, al posto di signora?».

Mavina raccoglie la borsa e si alza, è pronta a cedere il posto, se qualcuno si fa avanti. Ma io non ho nessuna voglia di muovermi, mi sembra un gioco insensato: siamo tutti seduti, se c'è qualcosa da discutere, cominciamo, no? Quanto ai figli, non credo che abbiano nemmeno compreso l'invito.

«Nessuno. Famiglia è proprio fissata così: una fa la pazza, e nessun altro vuol prendere suo posto. Bene bene bene. Così può succedere di tutto, ma non cambierà mai niente».

Apre un cassetto, tira fuori dei cartoncini, grandi

come una pagina di libro, disegnati sul diritto, scritti sul retro. Dev'essere il test. Adesso comincia.

«Ho qui questi foglietti», ne tiene uno nella mano destra, uno nella sinistra, e li alza. «Dafanti c'è disegno di leone: ecco il sofrano — della Grande Foresta — con lo scettro in mano — e la corona in testa».

Una filastrocca. Si guarda attorno, con un sorriso compiaciuto. Quando i suoi occhi incontrano i miei, s'inquieta e ritorna serio.

«Accanto a re, c'è regina: anche lei con corona, ma senza scettro, e indossa sottana». Mentre parla, scorre col dito sulla figura. «Foi direte: famiglia reale, piena di potere e di felicità. Nossignori: regina è triste, fedete che piange, e re è preoccupato, fedete che è serio. C'è qualcuno ammalato? Hanno perso una battaglia? Non si sa. Hanno qualche problema, e non c'è nessuno che li aiuti. Anzi, no: qualcuno c'è. Fedete qui questo topolino: è uscito da sotto il trono, e guarda in su. Adesso cosa succederà?». Sta fissando Franz e Titti. «Il leone mangerà topo? Il topo aiuterà re e regina? O scapperà fia? Cosa si può scrifere, cosa si può disegnare qui sotto? Quel che folete. Andate di là, adesso fi ci accompagno, e riempite questo foglio come fi fiene: ognuno per conto suo. Poi mi lo mostrerete».

Li ha accompagnati alla porta, gli ha dato i due cartoncini, li ha chiusi di là. Mentre torna verso di noi e sta per sedersi, si sente un campanellino: tin tin tin. Non capisco. C'è una scatola cubica sul tavolo, di cartone mi pare, una scatola a cui finora nessuno ha badato, probabilmente il suono è venuto da lì. Che faccia parte del test? C'è una luce all'interno, una luce rossastra: la si vede filtrare dalle fessure. Il dottore si alza immediatamente, prende dei grani da un cartoccio — chicchi di granoturco, mi pare: due o tre: li conta — e li introduce nella scatola, da un foro superiore. Lo richiude. La luce si spegne. Non riesco a capire cosa possa starci lì dentro. Si frega le mani:

«Eccoci a noi. Adesso pampìni stanno compilando fogli, fra poco ne sapremo di più su loro».

Per la prima volta da quando siamo lì, Mavina mi sembra nervosa.

«Che cosa si può ricavare, dai suoi test?».

«Beh, di tutto. In primo luogo, se lei è sola nella famiglia, o se può contare su figli: su uno figlio, o su tutti figli». Parla proprio male. «Questo molto importante. Forse, signore non d'accordo?».

Dice a me? Mi vuol tirare in ballo ad ogni costo?

«Guardi, io non avrei portato i bambini, i bambini è meglio che non entrino in queste cose. Io sono qui perché mi è stato chiesto, da mia moglie o da lei, non lo so».

«Non da me», allarga e alza le braccia, come un prigioniero, con le palme in avanti. Non mi piace quest'uomo. «Io analizzo, basta. Tutto ciò che succede, succede perché altri fogliono. Afranno le loro ragioni». Guarda nel vuoto.

Mi giro verso Mavina.

«Quali ragioni?».

Risponde il dottore:

«Caro signore, famiglia è un sistema», e così dicendo sposta dal bordo al centro della scrivania una strana macchina, che io credevo una scultura messa lì per abbellire l'ambiente, fatta di tante palline sferiche, tutte accostate in fila, ciascuna appesa a un cordoncino. «Fede? Tutto fermo, come se tutto rotto. Ma attento», alza il dito ammonitore, poi con un martelletto dal manico di plastica, nero, dà un colpo secco alla pallina che sta a una estremità. Quella non si muove, come neanche fosse stata toccata. Ma la pallina situata all'estremità opposta fa un salto, come se avesse ricevuto lei la martellata. Il dottore sorride: «Fisto? Qualcosa si è mosso, rotto equilibrio. Ma è scattata pallina che nessuno pensafa».

Guarda Mavina. La guardo anch'io. Lei mi sembra tutta compresa della parte. Abbassa gli occhi, e stringe le mani sul grembo, una sull'altra. Guardo la macchina. Ho l'impressione che se la sia costruita da solo, per dare ai clienti questa spiegazione. Non sa parlare, si aiuta con gli strumenti.

In quell'attimo di suspense, si vede sprizzare sulla scrivania un barbaglio rosso, dev'essersi accesa la luce nella scatola cubica. Dentro si sente un trapestio breve ma intenso, come se un animale con cento zampe si fosse spostato di un centimetro. Squilla il campanello, tre volte, tin tin tin. Poi silenzio.

«Scusate», dice il dottore, deponendo il martelletto.

Prende tre chicchi di granoturco, apre il piccolo oblò ovale sul tetto della scatola (dall'interno, il cono di luce si proietta sulla sua faccia, allarga il bianco degli occhi), e li lascia cadere dentro, uno alla volta. Richiude. La luce sparisce. Si frega le mani, evidentemente è contento di quel che succede nella scatola. Vorrei sapere cosa c'è dentro. Me lo chiederà, prima o poi.

«Ora, problema è: chi fatto partire quel colpo? Perché il colpo andato a finire su signora? Chi, senza far federe, stato attrafersato, da quel colpo?».

Hai capito? Vuoi vedere che ho mollato io la martellata, provocando tutto questo sconquasso.

Di nuovo, si frega le mani. Evidentemente, è soddisfatto di come ha impostato le cose oggi. Oggi è una giornata felice, gli va tutto bene. La bestia che tiene nella scatola (un'aquila o un gallo) segue rigorosamente la tabella, sta buona nel buio, si agita nella luce, accoglie il cibo, si addormenta. I bambini son di là a scegliere se collaborare, farsi mangiare o scappare. La moglie è qui, impazzita da anni, a chiedere giustizia. Son venuto per fare un favore, e mi trovo incastrato: io sono colui che sta per divorare i figli, che ha colpito la moglie, trapassando la famiglia. Mi vien voglia di andarmene, ma è proprio quello che aspettano: se esco dal test, è perché il test mi schiaccia. Non mi piace la mia famiglia. E non mi piace neanche...

«Non mi piace questo metodo. La signora è qui perché ha dei problemi, e lei l'aiuti, se è capace. Lasci stare la famiglia».

Devo aver detto qualcosa di inaspettato, perché il dottore viene di qua della scrivania, si mette davanti a noi, anzi proprio davanti a me, dritto in piedi, e mi fissa.

«Signora ha problemi?».

Anche mia moglie mi guarda, e, mi pare, con un sorriso ironico. Non mi piace mia moglie.

«Certo. Perché, non lo aveva capito?».

«E sono problemi suoi?».

Accenna a lei, con la testa.

«Suoi. Vostri».

Non mi piace quest'uomo, sono anni che lo pago, e adesso se la prende con me.

«E bisogna lasciare stare famiglia?».

«Non dovete – d'improvviso mi viene la parola giusta, la parola che ha usato lui, poco fa – *trapassarla*, con i vostri colpi. I bambini non c'entrano».

«Che strano, quando parla di famiglia – dice, improvvisamente ammansito, girandosi e ritraendosi di qualche metro – intende solo figli. E moglie cos'è?».

Adesso è dietro di lei, come per proteggerla. Sembra suo marito. Non mi piace questa coppia.

«Niente più che...»: la guarda, mi guarda. Non capisco dove voglia arrivare. Avanti!

«... che pacco natalizio?».

Deve aver detto qualcosa di spropositato, ma non capisco cosa. Mavina si accende una sigaretta, è nervosa. C'è un silenzio mortale nell'aria, non capisco proprio perché.

Lui fa il giro della scrivania, è passato di là, si siede al suo posto. Tamburella con le dita sul tavolo.

Lui e lei sembrano molto tesi, questa espressione

del «pacco natalizio» li eccita, non riesco a vederne la ragione.

Tanto più che siamo a Pasqua. Io mi son sposato a dicembre, sotto Natale. Fin dalla prima notte, ho scoperto che lei portava mutande con lo spago, invece che con l'elastico: uno spago di nailon, annodato in due parti, sui fianchi, a destra e a sinistra. Mi piaceva tirare lo spago con uno strattone e sciogliere le asole: le mutande cadevano senza tonfo, come un petalo. Chiamavo questa operazione «aprire il pacco natalizio».

Mi trovo in piedi senza essermi accorto di alzarmi. Ma come, lui sa questo? Lei... lei gli racconta queste cose? *Tutte* queste cose? Il *pacco natalizio* e... e... il *treno*, l'*iguana*, i *raggi di sole*? Io pago perché mia moglie vada in giro a raccontare cosa faccio con lei, di notte, a letto, a casa, in albergo? Anzi: cosa facevo? Perché poi è diventata matta, queste cose non le facciamo quasi più. Il *pirata*, le *perle di vetro*, il *cavallo rampante*? *I pascoli del cielo*? *L'uomo dal fiore in bocca*?

Ho la sensazione di essere nudo, l'unica persona nuda in quella stanza. Quei due, un'italiana e un americano, si sono divertiti a spogliarmi. Il Vecchio e il Nuovo Mondo mi fanno l'autopsia. Chissà che commenti tra di loro.

«Tu..., tu...» vorrei fare un discorso a mia moglie, ma non mi vengono le parole. Lei continua a fumare, certamente gli avrà raccontato anche il *tunnel*, il *mirabile saluto*... Tutto. Questi due si davano appuntamento tutte le settimane per esaminare i miei progressi, preoccuparsene, rallegrarsene, annotare, aspettare. Io non sapevo niente. Io pagavo.

Lui è impossibile, voglio dire impassibile, se ne sta seduto con le braccia divaricate e le mani sul bordo della scrivania, immobile, mento in su, occhi socchiusi.

Se avessi scoperto che s'era fatto mia moglie, mi sorprenderebbe di meno. Ma questi due non si sono fatti loro, si sono fatti me. È diverso. Mi voglio leggere Freud per bene, per vedere se raccomanda queste cose.

No, a questo non ero preparato, questo non era prevedibile.

È al di là di ogni spiegazione.

«E lei..., e lei...» vorrei fare un discorso a questo guardone austro-americano, che è venuto in Italia a fare questo strano mestiere, partendo da Palo Alto, o forse l'hanno cacciato a fucilate.

Ma non mi viene il discorso, soffro di una specie di paralisi, ho sempre questa strana sensazione di essere nudo, con i calzoni calati a terra.

Sono nervoso, poi angosciato, poi arrabbiato, quando capisco, di colpo, che mia moglie non è più mia moglie. Lo è stata, nella saggezza e nella pazzia. Non lo è più, con l'analisi. Ogni coppia si regge sul segreto sessuale e sulla complicità. Ogni coppia fa cose che nessuno saprà mai: per questo è una coppia. La chiesa lo sa: perciò chiede alla donna «quante volte», «seme dentro o seme fuori», e basta: non chiede i nomi segreti delle posizioni, e da dove vengono, e che cosa ricordano, e come sono stati inventati.

Guardate un gruppo di amici: ognuno sa tutto di tutti, tranne in questo campo, sessuale; tutto ciò che ognuno sa si riferisce a questo campo, vi allude, lo suppone, ma non lo dice: per questo la vita di ognuno è soltanto sua. Quando nei cimiteri riesumano gli scheletri per liberare le tombe, nelle scatolette ovali di quei crani prosciugati dal tempo sono ancora sigillati tutti i segreti del sesso, che stava un metro più giù: nessuno li recupererà mai più. Per questo il cranio di lei viene portato via insieme col cranio di lui: sono complementari, sanno le stesse cose, viste da due punti diversi.

L'unico che non forma una coppia con la moglie, sono io. Cacciato da Palo Alto a fucilate, questo vagabondo euro-americano è scappato in Italia, e s'è stabilito qui: terapia breve sistemica, si chiama il mestiere che fa. E si capisce: in breve, mi ha sistemato.

Lo guardo con rabbia, che diventa sorpresa, quando mi accorgo che l'arrabbiato è lui. Ha lo sguardo severo, smette di tamburellare, si abbandona indietro sullo schienale, con le mani appoggiate sui bordi della scrivania, e lentamente, con voce profonda, sentenzia:

«Moglie non è pacco natalizio, né galleria per treno»,

ah, la *galleria*, mi ero dimenticato della *galleria*, la *galleria* risale a prima del matrimonio, è un termine che lei non ha mai gradito, quando viaggia in treno non ama le gallerie, in galleria ha paura e sta tutta tesa e bloccata fino al ritorno nella luce, ma era proprio per questo che io avevo adottato quel termine per indicare la sua posizione, poi io me n'ero dimenticato ma lei no, e questo quaresimalista è partito in jet da Palo Alto per venire fin qui a rinfacciarmelo,

«donna non è cafallina»,

no, la *cavallina* no, la *cavallina* non doveva rivelarla, la *cavallina* l'aveva inventata lei, era lei che s'era messa come una cavallina, e io mi ero detto: ‹Però, quanta audacia›, e adesso questo apolide dei Due Mondi è venuto a dirmi che lei la cavallina l'aveva fatta per caso, non ci pensava nemmeno, non la voleva, e per anni aveva aspettato che atterrasse l'aereo di questo terapista breve, anzi fulmineo, per correre da lui e protestare. Qui bisogna chiarire. Qui devo parlare.

«Guardi che è in errore», gli dico, e vorrei aggiungere che la *cavallina* non mi riguarda, io l'ho accettata e basta, ma sento che le parole che mi escono dicono un'altra cosa, me ne accorgo quando son finite, hanno detto qualcosa che non capisco:

«Non solo lei è mia moglie, ma io sono suo marito».

Non mi rendo ancora conto di quel che volevo dire. Forse che se lei s'è lamentata di me, io avrei da lamentarmi di lei. Ma non lo so, non mi pare d'aver detto questo.

Lui non ha capito infatti, e continua a marciare

per la sua strada, ma ha cambiato tono: non è più rimproverante, adesso è sussurrante:

«Donna con problemi non buona per queste cose, donna delicata»,
traccia segni leggeri nell'aria,

«donna sensibile, donna-bambina»,
beh, qui l'ha indovinata, ho sempre pensato che la voce di mia moglie, quando si arrabbia o quando supplica, non si può definire altrimenti che «asessuata»,

«donna-romantica»,
e assume espressioni di ammirazione o di alto gradimento, non si sarà innamorato di lei?, non si faccia scrupolo, può prenderla, tanto io la lascio, o meglio prendo atto che lei ha rotto il rapporto di coppia, me ne vado stasera stessa, anzi appena uscito di qui parto per non so dove, mi piacerebbe che loro due si sposassero qui ora, con i miei auguri,

«bisogna pazienza, molta pazienza»,
parole sante, troppa pazienza, dovrebbe dire, io ne ho tanta, ma forse non arrivo a troppa.

Guardo mia moglie, sta fumando una sigaretta, dev'essere la quinta, e sta voltata in là, mi gira le spalle. Poveretta anche lei, penserà che adesso a casa sarà tutto più difficile. «Terapia d'urto» chiamano, anche, questo metodo. Appena mi affiora questo nome, vedo la grande mazza d'acciaio del demolitore, manovrata con un'ampia parabola, sbattere sul muro di casa mia, e aprire una breccia per cui irrompe il cielo, in quello squarcio di blu la mazza si ritira terribile e leggera, io mi ritrovo a terra coperto di calcinacci. La terapia d'urto sfascia le case, dove penetra bisogna scappare.

«Foi tornare domani, sì?».

Che significa? L'esperimento continua domani? Ha altre cose da dirmi? Non ha finito? Se lo faccia da solo, o con questa donna che non conosco, che non ha niente a che fare con me. Non tornerò. Glielo dico:

«No, non domani»,
chissà perché ho fatto quella aggiunta, in ogni caso il «no» è molto chiaro.

«Non domani», lui sembra soddisfatto, «dopodomani allora».

Io non dico niente, ma evidentemente non ce n'è bisogno. Lui ha segnato qualcosa sull'agenda, io mi sono alzato dalla sedia, e appena dritto in piedi mi spazzolo la giacca col rovescio della mano, poi smetto, quando mi rendo conto che non sono coperto di calcinacci. Mi accorgo con sorpresa che la scatola rossa è illuminata.

Non ho sentito il campanello, dev'essere suonato quando la conversazione toccava il vertice; neanche il pollivendolo, imbarcatosi di corsa all'aeroporto di Los Angeles con un cappone sotto il braccio, se n'è accorto, infatti ascolta stupefatto il volatile impazzito che struscia i mille piedi sul pavimento e non sa cosa fare. Prima decide che deve lasciarci andare.

«Fostri pampìni, prego».

Quando apre la porta dei bambini, vedo la loro stanza illuminata di una luce rosa, e per un attimo ho l'impressione che qualcuno me li abbia rimpinzati di mais.

«Pravi pampìni», li saluta il dottore, fregandosi le mani (oggi ha avuto una giornata intensa), «cosa afete disegnato, su fostro foglietto?», e si china per ricevere la risposta.

Per tutta la vita amerò la Titti. È stata la Titti a rispondere, continuando a masticare la sua gomma americana:

«Quale foglietto?».

Parte seconda

1
Fidanzarsi al cimitero

Mi son trovato in strada per primo, quasi di corsa, mia moglie era rimasta dentro. La sua auto era parcheggiata davanti alla mia, due posti più in là. Doveva essere arrivata cinque minuti prima di me. Ho avviato subito il motore, non volevo vederla. Già mentre manovravo per uscire, pensavo a lei, e più ci pensavo più mi accorgevo che i miei sentimenti — sorpresa, rabbia, disprezzo, bisogno di vendetta — si ritiravano lasciando il posto a uno solo: l'ammirazione. Per la prima volta in vita mia ammiravo mia moglie. Mia moglie era brava. Aveva carattere. Andava fino in fondo. Se andava fino in fondo! Io credevo che lei, in quelle sedute, parlasse dei suoi problemi. A casa passa il 50% del tempo in bagno e l'altro 50% al telefono: parla continuamente; secondo me chiama i numeri a caso, non le importa niente chi c'è dall'altra parte, tanto varrebbe darle un telefono muto, come quelli per bambini; anzi, probabilmente è una bambina che gioca al telefono, ma poiché non ho mai sentito proteste dall'altra parte, evidentemente la città è piena di donne-bambine che passano la giornata a telefonarsi: hanno cominciato da piccole per crearsi un mondo separato da quello dai genitori, continuano da grandi per crearsi un mondo separato da quello dei mariti; ma come i genitori vanno con i genitori senza preoccuparsi di queste figlie, così i mariti vanno con i mariti senza preoccuparsi di queste mogli. Io credevo che lì, in quelle sedute, continuasse le sue telefonate, e che questo contadino di Palo Alto (1 milione al mese da me, marito di questa donna che non è mia moglie, mettiamo un altro milione da ciascuno degli altri dieci, undici mariti senza mogli, fanno 12 milioni al mese, il doppio di un senatore, il triplo di quanto guadagno io: mi domando perché restino a Palo Alto, i colleghi di questo allevatore di polli), credevo che questo poderante di Palo Alto facesse, di professione, qualcosa come «l'ascoltatore al telefono». Dovrebbero crearlo, questo posto, e farlo funzionare 24 ore su 24: e dargli come numero telefonico l'1. Così tutte quelle che hanno urgenza di parlare — un quarto delle donne della città — non perdono tempo a comporre la chiamata. Invece di telefonarsi tra di loro, le donne chiamano lì, per sfogarsi, tre volte ogni giornata. Mi sbagliavo: altro che «ascoltatore al telefono», questo faceva l'osservatore dell'harem. E criticava le posizioni, guarda te. Le «mie» posizioni, e quelle della mia signora. Un milione al mese gli passavo, al californiano, perché lui venisse qui dal Nuovo Mondo a insegnarmi «come non si fa».

Certo che la Narni — quando sono arrabbiato

con lei non la chiamo più per nome, ma per cognome, perché così mi pare di colpire, attraverso di lei, tutta la sua razza — la Narni ha avuto del fegato. È stata brava: ha detto tutto. Ha fatto qualcosa che nessuno fa mai, dalla nascita alla morte. Chissà come ha fatto. Mi viene un sospetto: non avrà mimato le posizioni? Senza accorgermene ho fermato l'auto. Questo è il *pacco natalizio*, questa è la *cavallina*... Io ho ben presente quella stanza dove avviene l'analisi, questa strana analisi austro-californiana, e ho visto che non c'è divano: analista e paziente si guardano in faccia. Lui, perfino, lavora. In Inghilterra ci sono analisti che fan l'analisi parlando del tempo e preparando il tè: durante la passeggiata, il paziente sosta un'ora dall'analista come a un bar, solo un po' più caro. Questo, invece, lavora. Alleva polli (o forse topi, o porcellini d'india), e mentre tu parli gli dà il pasto. Così tu racconti tutto pensando: ‹Tanto non mi ascolta›. E per farti capire meglio ricorri ai gesti, e mimi quel che dici. E magari la Narni, visto che lì non c'è divano, è salita sulla cattedra. Avrei voluto vederla: questa... a-sessuata che spiega le sue posizioni a un palo alto. Voglio dire, a uno straniero, che viene da Palo Alto. E le presenta — ecco, questo è il punto — come se ogni posizione le fosse imposta, e lei fosse — da suo marito — violentata. Maledetta l'epoca in cui son nato.

Riaccendo e riparto.

È una frigida, chiaramente. Per qualche anno è riuscita a nasconderlo, ha fatto i suoi due bravi figli, ha lasciato invecchiare il matrimonio, poi ha cominciato a lamentarsi al telefono, chiamando tutto il mondo: finché una volta la chiamata è rimbalzata, via satellite, in California, a casa di questo analista di pronto intervento, che dopo dodici ore di volo senza scalo è sbarcato a Milano, con la stia. È una frigida. Il suo modo di far l'amore non è quello che usa con me, ma quella che usa al telefono e in analisi: il lamento. E forse il Palo Alto ha ragione di richiamarmi all'ordine: se dobbiamo formare una coppia, o lei si adegua a me o io mi adeguo a lei.

Però me l'ha fatta grossa. Perché non ha messo in analisi se stessa, ha messo in analisi me. Ha cercato il segreto più segreto della nostra vita, e lo ha rivelato. Forse in più lezioni. Ma sì, non poteva starci tutto in un'ora e così sono andati avanti con la storia a puntate. Magari lei ha cercato apposta di stuzzicarmi a far l'amore — avevo notato un certo aumento di attività, negli ultimi tempi — per aver qualcosa da raccontare a lui. E magari era lui che la incitava: «Lo profochi stasera, e osservi bene tutto, così domani mi sa dire». Hai capito! (Ho fermato di nuovo la macchina, mi trovo in periferia, ma non sto andando in nessun posto. Riparto). Lei non faceva l'amore con me per me o per lei, ma per lui. (Ho fermato di nuovo la macchina). Stare con me era secondario, stare con lui era importante. Io sono soltanto suo marito; ma l'altro è il suo... il suo... uomo. (Adesso che l'ho capito, riparto). Lei è soltanto mia moglie, non è la mia... donna. (Adesso che l'ho capito, giro a sinistra, allontanandomi dalla città).

Mi trovo in una ben strana situazione: mia moglie fa finta di fare l'amore con me per poter stare con un altro, e ha dalla sua parte la... la... cultura. Voglio dire: quello che fa è preparato, studiato, scritto, discusso e approvato da un secolo a questa parte. Io, dalla mia, non ho niente. Insomma: viene a letto con me per stare con un altro, e questo è giusto; io faccio l'amore con lei perché la cosa resti fra noi, e ho torto.

Sto filando dritto verso le colline. Accelero.

«Spero di mettere la mia bambina in buone mani» mi aveva detto la madre della Narni, la vecchia Narni, alla vigilia del matrimonio. Voleva dire: spero che tu prenda il mio posto. In altre parole: ecco mia figlia, fanne la tua figlia. In fondo, c'era qualcosa di vero, e perfino di profetico, in quella espressione. Figlia era e figlia rimaneva. Non moglie. Io avevo una figlia, che crescendo è andata in analisi, cioè si è messa con un uomo. La carico in auto, la vecchia Narni, e giro a sinistra, a vedere una seduta di nostra figlia, la osserviamo nascosti dietro una tenda: la Narnina è a quattro zampe sulla scrivania, nuda, scapigliata, mentre il Palo Alto in camicia sbottonata la segue con la coda dell'occhio, facendo finta di versare mais a un tacchino in gabbia. Gli americani amano il tacchino. La Narnina scuote la criniera. Dimena il sedere. Nitrisce: ‹Hììì›, per spiegare che quella è la *cavallina*. Nella scatola, l'animale starnazza.

Chiedo: ‹È in buone mani, signora?›. La signora è perplessa, balbetta: ‹Ma..., ma...›, e non sa come continuare, non trova le parole. Ma non importa, non voglio crearle imbarazzo, sono generoso, e la porto via accelerando, mentre la cavallina si rotola a pancia in su, scalciando in aria, forse per spiegare qualche altra posizione.

La vecchia Narni non mi ha mai accettato. La prima volta che sono entrato in casa sua, invitato a pranzo, s'è piazzata di fronte a me, per squadrarmi meglio. Era lei a servirmi: veniva a portarmi la minestra, il secondo, il contorno, per guardarmi da vicino. Si chinava fino a 10 centimetri. Mi respirava addosso. Ripensandoci adesso, la vedo che, mentre son chino a mangiare, mi spacca la testa, con un colpo a sorpresa, come un melone, e poi si china per osservare con calma cosa c'è dentro. Un detective, in America, ha scoperto l'assassino fotografando la pupilla dell'ammazzato. L'ammazzato era ancora fresco, cioè era ancora caldo, insomma era stato ammazzato da poco, aveva appena visto l'assassino, e la sua pupilla era come una pellicola impressionata: per avere la foto dell'assassino, bastava sviluppare quell'immagine, e stamparla. Così voleva fare la vecchia Narni, curva sulla mia testa aperta: scoprire cosa c'era dentro.

Dentro non c'era soltanto la Mavina, c'era anche la Marina. Del resto erano sempre insieme. La Marina era più bella. Quando nella testa di un uomo ci sono due donne, le donne hanno un sistema semplicissimo per capire quale vincerà: basta vederle nude, una accanto all'altra. Le donne sono convinte che il destino è un fatto di natura. Perciò il destino di una bella povera è più grande del destino di una brutta ricca. La letteratura realistica della donna è la narrativa rosa.

Ora, tutti noi studenti eravamo abituati a vedere la Marina e la Mavina insieme, ma non nude, naturalmente. E tuttavia, se mi avesse spaccato la testa, la vecchia Narni avrebbe visto balzarne fuori, come Minerva dal cranio di Giove, la figlia e la rivale, così come realmente erano. E questo non va a favore di quel detective americano: sviluppando l'immagine fissata nella pupilla dell'assassinato, noi sappiamo soltanto che cosa l'assassinato ha visto davanti a sé, non che cosa, lì davanti, c'era. Di notte, sognando, le pupille vedono di tutto, e con le loro visioni si potrebbe stampare un archivio fotografico; ma se poi qualcuno lo pigliasse per un archivio storico, uscirebbe dalla realtà.

Messe una accanto all'altra, la Mavina e la Marina, avrebbero ottenuto 7 e 9 decimi. La Marina era meglio, un po' dappertutto. (Sono contento di questo). E lo sapeva. Quando una donna sa di essere bella, raddoppia la sua bellezza. Far l'amore con una bella che si comporta da bella, vuol dire amare due bellezze in una, o una bellezza al quadrato: il massimo. Una bellezza insicura è una bellezza diminuita, incrinata: farci l'amore vuol dire usare attenzione, andarci piano, offrire un risarcimento. Chi sposa una insicura si trova con un debito da pagare, e lavorerà il doppio, mentre chi sposa la bella che lo sa potrà vivere di rendita: per questo il marito della prima si darà da fare senza tregua, mentre il marito della seconda si lascia andare, non ha più bisogno di stimoli. Può darsi che il marito della prima abbia come scopo segreto quello di arrivare alla seconda, ad averla o, almeno, a meritarla.

Non è che tra la Mavina e la Marina io avessi scelto la prima. In realtà, l'uomo non sceglie mai: a un certo momento si trova una moglie e una famiglia attorno e non sa da dove siano venute. Se io potessi scegliere, cambierei tutto: figlio, figlia, moglie. Dieci volte al giorno trovo di meglio. Ma è che ho sempre sentito di non poter avere il meglio, e che quindi la mia scelta doveva limitarsi al nonperfetto, al difettoso: la Mavina ha qualche difetto agli zigomi e ai fianchi, lo so benissimo — quelli esageratamente larghi, questi visibilmente stretti —, ma proprio la scoperta di questi difetti mi ha fatto sentire, fin dall'inizio, che lei era la donna su misura per me. Voglio dire che fin dall'università io pensavo a Mavina come alla donna che avrei avuto, e alla Marina, chiaramente più bella, come alla donna cui avrei pensato. La Marina era una Mavina corretta: come se la natura avesse fatto la prima per prova, in funzione della seconda: nella prima poteva sbagliare, anche con una certa leggerezza, tanto poi avrebbe potuto emendare questi errori nella seconda, e quello sarebbe stato il risultato definitivo, dal quale venir giudicata. E così la Marina è venuta fuori come una riedizione della Mavina, in cui avverti che c'è stato un ripensamento proprio là dove per la Mavina c'era stata improvvisazione: gli zigomi non sporgono, ma sono stati per così dire smussati e levigati, con attenzione, e i fianchi sono invece arcuati, o forse è il bacino che è stato ristretto, o tutt'e due le cose insieme; in ogni modo, l'effetto è quello di una proporzione armoniosa. Questa proporzione è diventata nelle due donne, fin da quando erano studentesse universitarie, un fatto cerebrale: Mavina e Marina hanno una diversa «idea» della proporzione, della figura umana, della silhouette. Il che vuol dire: una diversa idea di come presentarsi, di quale immagine offrire all'occhio, come vestirsi. Marina, fin da quando aveva diciott'anni e si iscriveva all'università, cominciò a preferire vestiti che semplicemente fasciassero il suo corpo, senza modificarlo: indossava pantaloni e magliette con lo stesso risultato che se si fosse pennellata i colori sulla pelle. Quella che noi, delle altre facoltà, che andavamo a Lettere perché Lettere era un supermercato di donne, dove ognuno poteva scegliere quella che faceva per lui — futura moglie con reddito autonomo —, quella che noi vedevamo salire i gradini dell'atrio, sostare davanti agli avvisi della bacheca, entrare e uscire da quell'antro misterioso che era la sala studentesse — provvisto, immaginavamo, di specchi girevoli, spazzole, phon, pettini, toilette riservate —, quella era una ragazza, come dire, nuda ma verniciata. Le sue forme, le sue linee, i suoi rilievi erano quelli che vedevamo: lei era come si mostrava. Solo i colori erano diversi: quelle magliette aderenti e stirate, come se fossero elastiche, quei pantaloni su misura, in cui probabilmente infilava gambe e sedere come un cono in un cono, davano la sensazione di un corpo che si mette a nudo non svestendolo ma lavandolo, calandolo in una vasca per poi tirarlo fuori.

La Mavina invece usava i vestiti non per mostrare ma per lavorare il corpo: sceglieva, vien voglia di dire, dei vestiti «attivi», che agivano sul corpo ininterrottamente: vestiti larghi, soffici, cascanti, che disegnavano forme sempre diverse, pendendo, tirando, stringendo. Le sue cinture, sempre molto alte, sparivano sotto le pieghe delle bluse, e dei giacchini. L'insieme dava un'impressione, come dire, di un energico abbandono, quasi che un'improvvisa stanchezza fosse sopravvenuta su un corpo di per sé solido e nervoso. Lei accentuava questa impressione col suo particolare modo di camminare: lei non avanzava, ma incedeva: dritta sotto quei vestiti fluttuanti, batteva fortemente coi tacchi il pavimento, come un tamburo, con un passo robusto, deciso, virile. La si riconosceva da questo. Le donne erano tante, una intera generazione femminile studiava Lettere, dire donna o professoressa era la stessa cosa; l'atrio, i corridoi, le aule, gli istituti della facoltà erano sempre pieni di studentesse, entrando in un'aula dalla porta posteriore ci si trovava davanti una marea di capigliature brune o bionde (pochissime rosse) strette con nastri, o a trecce, o sciolte, o a riccioli. Per questo le studentesse occupavano le prime file dei banchi, e i ragazzi si mettevano dietro. I ragazzi delle altre facoltà, specialmente quelle maschili — Ingegneria, Agraria... — si copiavano gli orari di Lettere, controllavano sin dal primo giorno le ragazze che frequentavano, le fotografavano persino, e poi tornavano sempre puntuali per le materie che quelle seguivano.

La Mavina era affettuosa, e si era legata all'Università come a una seconda famiglia. Si iscriveva a tutte le esercitazioni. Se un professore moriva — i professori diventavano ordinari già molto vecchi, insegnavano pochi anni e poi morivano —, andava ai funerali. Se arrivava un nuovo docente, lei andava alla prolusione. Mi ha sempre stupito questo suo cercare una famiglia fuori della sua famiglia: è come se andasse sempre in cerca di un'adozione. Anche con l'analisi, più tardi, ha fatto così. E quel suo modo di avanzare, pestando i tacchi per annunciarsi, è come se lei si mettesse all'asta e chiedesse: ‹Sto arrivando, valutatemi, se qualcuno mi vuole, mi prenda›. Era impossibile che la Mavina non si sposasse: era nata sposa. Non conosco la sua prima infanzia, i suoi giochi, l'asilo, le elementari: ma sono convinto che si sarà messa all'asta centinaia di volte, trovando sempre un acquirente. È impossibile non comprare una bambina, specie se è lei stessa che si vende e se non devi pagare niente. Alla fine, ha finito per farsi comprare dall'analista pagandolo lei... cioè, per dire la verità, pagandolo io, che sono suo marito e ho preso il posto di suo padre. Gira e rigira, quella è stata la sua ultima asta: si è guardata in giro per trovare un acquirente, dalle rive del Pacifico si è fatto avanti questo coltivatore diretto dicendo: ‹Per quattro anni, o per quattordici, non si sa, la tengo io›. La terapia breve si chiama così perché dura anni e non secoli. Lei si è girata verso il padre-marito dicendo: ‹Vado con questo signore, pagalo›. E io pagavo, puntualmente, un milione al mese.

Me la sentivo da quando mi son fidanzato con lei che qualcosa sarebbe successo. È stato un fidanzamento un po' strano, se non altro per il luogo. Un fidanzamento, diciamo, mortuario. In un cimitero. Non mi ricordo più chi era morto. E poi non so neanche se possa dirsi fidanzamento. Ah sì, era morto il professore di Letteratura Greca. Lei mi è caduta tra le braccia, lì in mezzo alle tombe, semisvenuta, io l'ho semplicemente tenuta su, ma insomma si è trattato di un abbraccio pubblico, di fronte a tutta la facoltà, cioè in presenza della sua seconda famiglia: molto più di una dichiarazione. Era morto il suo insegnante di greco, a cui lei e tutte le studentesse di Lettere erano straordinariamente — e anche, secondo me, ambiguamente — affezionate, perché durante le lezioni aveva l'abitudine di coinvolgerle nelle sue spiegazioni, interpellandole all'improvviso, e non conoscendole per nome si rivolgeva a loro con espressioni galanti, del tipo: «Questa meravigliosa parthénos», che in greco, ho dovuto farmelo spiegare, significa «vergine». Il professore le trattava come se quelle ragazze fossero una provocante contraddizione, in quanto «meravigliose» e «ancora vergini»: e si atteggiava a ultimo protettore, sulla soglia dello sverginamento, ma anche a prosseneta, accompagnatore fin oltre quella soglia. E loro, le fanciulle, gli erano affezionate fino alle lacrime.

Quel professore integrava papiri: le sue lezioni consistevano nello scrivere sulla lavagna parole monche, in greco, evidentemente resto di qualche poeta, e poi cercare di completarle. È come fare i cruciverba. Non so come, ma quest'uomo sapeva quanto doveva esser lunga la parola tronca. Perciò scriveva il pezzettino di parola arrivato fino a noi, poi per ogni lettera mancante metteva un punto. Quindi si sedeva davanti alla lavagna e pensava. Tutta l'aula pensava con lui. La parola da trovare doveva combinarsi con quanto veniva prima e quanto veniva dopo. Per quelli di Lettere, sembrava una cosa di capitale importanza. Qualcuno di loro, per avere indovinato una parola, s'è meritato uno stipendio per tutta la vita. Le ragazze di Lettere non se n'accorgevano, ma quello era un momento di forte dubbio per i ragazzi delle altre facoltà, venuti lì perché attratti da qualche parthénos, per farsene una moglie, e costretti a subirsi un'ora di silenzio generale, interrotta da sussurri e sospiri, davanti a un mozzicone di parola; questi ragazzi, di Ingegneria, di Agraria, di Veterinaria, guardavano preoccupati la propria ragazza, e pensavano: ‹Ma non starò sbagliando?›.

Alla fine, era sempre il professore che completava la parola, anche perché, secondo me, la conosceva da anni. Si alzava di scatto, come ispirato, scriveva le 3-4 lettere mancanti. Scendeva tra gli applausi: l'ora era finita. Le ragazze si scioglievano come dopo un orgasmo: una metteva a posto i libri, una scriveva appunti in fretta, una chiudeva la borsa. La Mavina scattava verso la cattedra, per congratularsi col professore prima che sparisse. La Marina si pettinava.

Quando quel professore morì, si fecero i funerali nella stessa ora delle sue lezioni: affinché tutti i suoi allievi ci andassero. La bara del professore fu sollevata e abbassata, sollevata e abbassata tre volte nel cortile dell'Università: forse per indicare che non voleva allontanarsi da lì. Mavina stava vicinissima, come se fosse lei la vedova. Al cimitero, quando l'oratore disse che il professore si era fatto chiudere nella bara con i suoi libri, come per integrare le ultime parole mancanti — e adesso poteva farcela, aveva tutta l'eternità a disposizione —, la Mavina ruotò su se stessa, si trovò con la testa voltata all'indietro, mi vide e si lasciò cadere. Io stavo guardando Marina, dieci metri più in là, quando mi trovai tra le braccia, inerte, la Mavina: e subito capii che non se ne sarebbe andata mai più. Con la coda dell'occhio, Marina ci guardò, e sorrise. Il nuovo professore di greco, quello che prendeva il posto del defunto, ci fece cenno di sì, con la testa, due volte: e fu come una benedizione. La facoltà di Lettere, con la Mavina, aveva finito il suo compito.

Lettere era una strana facoltà. Per noi che venivamo da Fisica, Biologia, Medicina non sembrava neanche che facesse parte dell'Università. L'Università era tutto il resto, cioè l'insieme delle facoltà scientifiche dove studiavamo noi: noi diventavamo scienziati e professionisti, e Lettere era soltanto il gineceo nel quale venivano allevate e custodite le nostre future mogli. Noi avremmo guadagnato, loro avrebbero partorito. Erano lì come in collegio. Come in ogni collegio, loro dovevano imparare a leggere e a scrivere. Siccome leggere e scrivere lo sapevano già, così si esercitavano a imparare le lingue morte. Ho sempre pensato che mio figlio, da grande, farà la mia stessa trafila. Non occorre che si faccia un'amica in liceo, la troverà all'Università. Per questo l'Università tiene in piedi la facoltà di Lettere. Se no, tanto varrebbe chiuderla.

I professori di Lettere lo sanno, e coltivano le loro studentesse come figlie da maritare. Fanno lezione pensando: ‹Quella biondina non parla mai, se continua così non troverà un ragazzo, cerchiamo di scioglierla›. Si parano davanti alla biondina, con un libro aperto in mano, e chiedono: «Leggi qui». La biondina balbetta, è una poesia latina, lei legge come se fosse prosa. Il professore sorride carezzandola: «No-no-no». I professori di Lettere sorridono come vecchietti o come bambini, innocui. Insiste: «La musica la sai?». Quella arrossisce. «Vieni da me oggi pomeriggio», e le fa il ganascino. Così tutti capiscono che quella, oltre alla lingua morta, impara la musica: sulla pagella di moglie avrà un voto in più.

Di voti in più Mavina e Marina ne avevano parecchi, ma la prima più della seconda. Andava dappertutto: concerti, teatri, seminari. Si mostrava così vitale, che un uomo intelligente doveva capire che era malata.

Insomma, che potevo fare?

Una moglie che viene da Lettere è più moglie di una che viene da Legge, o da Medicina. Queste ultime sono avvocati o medici, non mogli. La studentessa di Lettere è una figlia-moglie, appena laureata si trasforma in moglie-madre. Moglie, insomma, lo è sempre. Le donne sono di diversi tipi: la moglie, la madre, l'angelo del focolare, la donna, l'essere umano. La laureata in Lettere appartiene al primo tipo, e può sconfinare sul secondo: vivendo con lei puoi fare l'uomo. La laureata in altre facoltà appartiene all'ultimo, e può sconfinare sul penultimo: vivendo con te tende a fare l'uomo, e il tuo matrimonio andrà a rotoli.

Così, voglio dire, non è che non pensassi alla Mavina: ci pensavo spesso. Ma più spesso ancora pensavo alla Marina. Mi piaceva di più. Quando pensavo alla Marina, non pensavo a nient'altro, anche se la vedevo sempre insieme con la Mavina. Solo quando pensavo alla Mavina, pensavo anche alla Marina. Questa era la differenza. La vecchia Narni poteva dirsi fortunata quando, spaccandomi la testa, vedeva saltar fuori la coppia Mavina-Marina, o, come dicevo dentro di me, Mavi-Mari: quando quella coppia si scioglieva, quella che restava era la Mari; l'altra, così vaporosa, svaniva nell'aria. Se io avessi sposato la Mari, la Mavi sarebbe uscita dalla mia vita per sempre, come se mai fosse esistita. Invece ho sposato la Mavi, e la Mari, che occupava tutto il mio cervello, si è semplicemente rimpicciolita, sistemandosi in un angoletto, in attesa: per sempre. Il problema era che per sposare la Mavi non occorreva che lo volessimo, né io né lei. Bastava lasciar fare. Gli amici, l'Università, gli eventi portavano a questa soluzione, e ne impedivano ogni altra.

Appena sposate, Mavina e Marina hanno smesso di frequentarsi, e non ho mai capito perché. Come se la loro amicizia fosse in realtà una unione societaria per trovar marito: raggiunto lo scopo e spartiti gli utili, la società si era sciolta. La Marina aveva sposato un architetto, che dal lunedì al sabato lavorava dalle parti di Milano, a costruire un villaggio.

Lei era rimasta qua, a insegnare, e abitava in una villa un po' fuori città.

Io sapevo dove.

2
Amarsi all'università

Eccola qui, la casa della Marina. Giuro che mi ci sono trovato davanti di colpo, senza averlo previsto. Non perché non ci pensassi, ma perché ero convinto che fosse più lontana. Ma probabilmente correvo forte, senza rendermene conto. Non capisco cosa dovrei fare qui.

È una villetta. Questi trimalcioni di architetti si fanno delle regge. A occhio e croce costerà sui seicento milioni. Seicento mesi di analisi della Mavina, cinquantaquattro anni. Capace di arrivarci. Moltiplicati per dieci, quante sono le sue pazienti, il californiano si fa sei miliardi, e si compra sei ville sull'Oceano: due per sé, due per la moglie, due per la servitù. Chissà se mi prenderà come cuoco. S'è portato in Italia un pollaio, si riporta in America tre quartieri.

È più grande di quanto ricordavo. Ero già passato di qui, più volte, appena la Marina si era sposata. Venivo di sera, con le prime nebbie, tanto per vedere dove stava, come si era sistemata, cosa aveva ottenuto più di quanto io potessi darle. Avevo concluso: ‹Il 50%›. Io le avrei dato la metà: mezza bifamiliare. Ma le case per gli architetti sono come i libri per i professori e le auto per i meccanici: le hanno con lo sconto. Quindi, probabilmente, non le dà niente più di me. E allora, perché è andata con lui?

Me lo domandavo. Giravo con l'auto attorno alla villa, guardavo le finestre buie sulla facciata principale (salotto, studi) e domandavo a bassa voce, come se lei fosse lì con me: ‹Perché?›.

Passavo dietro, guardavo i balconi illuminati (le villette degli architetti non hanno le persiane, ma i balconi, anche in cucina; questa, poi, aveva, dietro, un oblò, rotondo), e chiedevo, calmo: ‹Perché?›. La Marina doveva essere lì che cucinava. Insegnava al mattino, cucinava alla sera. Uno stipendio preso, uno risparmiato. I ricchi san fare il denaro, ma ancor meglio sanno tenerselo.

Passavo di fianco: salotto, illuminato. Tendine celesti. ‹Perché?›. Se c'è una cosa che le laureate in Lettere scelgono bene, sono i colori: i colori delle tende e delle pareti, del salotto, della sala da pranzo, e della camera da letto. Celestino, bianco-latte, rosa pallido, verdolino. Per parlare, per riposare, per mangiare, per dormire. Anche la Mavina, devo riconoscerlo. Ha gusto. La Marina non so: e mi piacerebbe saperlo. Nel salotto, comunque, lei usa il celeste. E in camera da letto? di che colore le lenzuola? le federe? In quella camera da letto, dove va con un altro, non con me: ‹Perché?›.

Non credo che lei abbia mai saputo di questi miei giri attorno alla sua casa. Prima ogni anno, poi ogni due, ogni tre. A provare, a controllare che la casa era lì, e che lì dentro c'era lei. Potevo suonare il campanello, e lei sarebbe apparsa. Ma questo non lo volevo. Volevo dominarla, non visto; non incontrarla alla pari, occhio nell'occhio.

Alla fine, giravo la macchina e tornavo a casa. Più contento di quando ne ero uscito. Questi controlli sulla vita della Marina (se si spegneva la luce in una camera e si accendeva in un'altra, io da fuori seguivo questo spostamento spostandomi con l'auto) mi davano una specie di pacificazione interiore, come se io stessi sempre un po' male ma in quei momenti stessi un po' meglio.

Era un contatto. Una volta lei spense la luce in una camera bianchetta e si spostò in quella contigua, azzurrina, ma subito tornò indietro, spegnendo l'azzurrina e riaccendendo la bianchetta (io misi la retromarcia, e arretrai per tre-quattro metri), nella bianchetta rimase un minuto, un minuto e mezzo, non di più. Aveva dimenticato qualcosa, la stava cercando. Buio. Luce nell'azzurrina. Rimettendo la prima, e riguadagnando quei tre-quattro metri, avevo chiesto, nella mia auto, a bassa voce: ‹Hai trovato?›.

Certe volte mi viene un sospetto: che avrei dovuto entrare in chiesa, per sposarmi, con la Marina a destra, a braccetto, e la Mavina a sinistra, per mano. Insomma, queste due, da ragazze, stavano sempre insieme, e sarebbe stato logico sposarle tutt'e due. Forse proprio per questo dopo sposate non si sono più frequentate: per permettere una all'altra di avere una vita matrimoniale tutta per sé. Ma questo è impossibile, care mie: avete avuto un fidanzamento dimezzato, come volete avere un matrimonio intero? Questo sospetto ne genera un altro: che anche il marito della Marina venisse ogni tanto sotto le finestre di mia moglie? Ma no, impossibile. Per ogni marito, è normale che si vada sotto le finestre della moglie altrui, è impossibile che si venga sotto le finestre della propria. Forse per questo la propria moglie va in analisi: non avendo nessuno sotto le finestre, si butta sul divano di qualcuno. E poi, si può andare sotto le finestre di una villa, ma non sotto quelle di un appartamento. Una villa ha un esterno, un appartamento ha solo un interno. A una donna che vive in una villa puoi fare la corte, l'appostamento, spiarla, fotografarla: puoi amarla. Con una donna che vive in un appartamento puoi avere soltanto un tipo di relazione: sessuale.

Nell'appartamento ci devi entrare. Per questo la storia dei castelli e dell'aristocrazia è piena di amori, mentre la storia degli appartamenti e della borghesia è piena di sesso.

Oggi, una donna, o ha una vita piena di sesso o non ha una vita, e allora va in analisi. Che vada. Lasciando una moglie sola in una villa, il marito che parte è come se dicesse: ‹Amatela ma non toccatela›; lasciandola in un appartamento, gli viene da temere: ‹Qualcuno la prenderà›. Solo che a me non veniva il sospetto che quel qualcuno venisse dalla California.

È una bella villa. Ben disegnata. Probabilmente ti ha fatto vedere il progetto prima di sposarti, affinché tu indicassi tutte le modifiche che volevi. Ma di solito le donne, specialmente quelle laureate in Lettere, non modificano la pianta: si limitano a scegliere i colori delle piastrelle. Per questo gli studenti di Ingegneria o di Medicina si spicciano a mostrare il progetto alla fidanzata: quando quella ha scelto le piastrelle, è come se avesse firmato un contratto. Il «sì» che dirà più tardi è assai meno impegnativo. Le ragazze, specialmente quelle di Lettere, lo sanno bene, e chinando gli occhi sullo schizzo della villetta, alla domanda: «Che piastrelle metteresti qui?», rispondono caute: «Ci dovrei pensare un momentino», e il momentino a volte dura parecchi anni.

Ma quando l'architetto ti avrà posto questa domanda, non credo che tu abbia preso tempo. La tua amica era già sposata, e quando un'amica si sposa l'altra si sente zitella, ed entra in crisi. Le piastrelle erano l'occasione per uscire dalla crisi. Avrai risposto a precipizio: «Qui? Celestine in sala da pranzo, verdoline negli studi, rosa in cucina; o aragosta». E l'architetto: «Celestine, verdoline, rosa-aragosta: bene». Tanto valeva che andaste a letto subito, il matrimonio era già celebrato, bastava solo informare il professore con cui ti eri laureata. Guarda caso, questo professore era un prete, che quando una sua studentessa usciva dall'università continuava a cercare sue notizie fino al matrimonio e al primo figlio: dopo di che l'abbandonava. Se sapeva che qualcuna si era sposata da più anni ma figli non ne aveva ancora, trovandola per strada o nelle piazze durante le sue passeggiate — passeggiava ogni sera, era curvo ma aveva una buona vista e riconosceva tutti da lontano —, la fermava allungando il bastone e con un sorriso le chiedeva: «Ma figliola cara, non stai andando contro natura?», e puoi star sicuro che tre mesi dopo la figliola ripassava per la stessa strada con un pancione così.

Naturalmente, la Mavina mi ha risparmiato questa umiliazione. Anche lei, come tante a Lettere, voleva laurearsi con questo professore. Si vede che fin da ragazza cercava qualcuno che sovraintendesse alla sua vita coniugale. Ma io venivo da Scienze, e questa intromissione mi sembrava tale da invalidare giuridicamente il matrimonio. Quasi tutte quelle che han sposato laureati in Scienze han dovuto interrompere la tesi col prete-professore, più prete che professore, e ricominciarla con professori-professori. La previsione che, se la mia futura moglie si fosse laureata con questo sovrintendente del talamo, se avessimo tardato un po' ad avere figli un giorno avrei potuto venir fermato mentre passavo per la mia città e apostrofato così: «Ma figliolo caro, non depositi il seme nel vaso?», questa previsione ha sempre mantenuto dentro di me una sotterranea avversione verso il mio matrimonio. Anche adesso. Ho sempre pensato che se una donna si sposa creando questa premessa, in realtà non si sposa, e il suo matrimonio potrebbe venir invalidato in qualsiasi momento. M'ero anche cercato nel codice gli articoli che sorreggevano la mia tesi. Un matrimonio è un affare tra due. Se diventa un affare fra tre, non è più un matrimonio. La condizione del matrimonio è... la complicità. Due coniugi sono due complici, e ogni coppia è, come dire, una banda. Se c'è un terzo complice, all'insaputa di uno dei due, vuol dire che l'altro dei due ha tradito, che la banda è stata sciolta, o è stata presa. Può darsi che i due complici non se ne rendano ancora conto, ma in realtà essi sono già in galera.

Docile, come tutte le studentesse di Lettere, la Mavina non aveva opposto alcuna resistenza e aveva spostato la tesi su un'altra materia. I professori di Lettere godono quando strappano un laureando a un collega. Se potessero, metterebbero una taglia su chi si laurea con gli altri. Quindi, niente inquisitore, sul nostro letto. Ma questa non era che una parvenza. In realtà, via il prete nazionale, ecco arrivare lo psicologo extra-continentale, e perché poi? Esattamente per lo stesso controllo. Magari non domandava: «Entra il seme nel suo vaso?», ma ha chiesto qualcosa di equivalente: «Assumete posizioni romantiche?». Uno si preoccupava del mio seme, l'altro delle mie posizioni. E la Mavina avrebbe comunque fatto la spia. Non ha parlato del seme, perché quello non era un prete e del seme, a parte i preti, non si cura più nessuno: il seme non ha più nessuna importanza; ma ha parlato delle posizioni, che probabilmente sono un trauma per il Nuovo Mondo. Da dove tu mettevi il seme, ne derivava che spedivi la moglie all'inferno o al paradiso; da quale posizione assumi, deriva evidentemente che la sprofondi nella pazzia o la mantieni tra i savi. Prima di Freud, il problema era la fecondazione; adesso, riguarda i preliminari e i contorni. Non mi sembra un gran progresso. Forse l'unico vantaggio sta nel fatto che, se la moglie non facesse la spia, nessuno potrebbe accusarti di niente.

Una volta in certi stati c'era la polizia di castità: la polizia entrava in casa tua e andava di corsa al tuo letto, a esplorare le lenzuola; da qui calcolava la tua disobbedienza all'autorità e quindi la tua pericolosità. Adesso questo esame è in disuso. In compenso, ci sono questi poliziotti viaggianti da un continente all'altro, che arrivano nella tua città e chiamano a rapporto tua moglie, e si fan raccontare le tue posizioni: poi ti convocano con tutta la famiglia, ti fan capire che sei un delinquente, e si organizzano per continuare all'infinito questa supervisione, a tue spese. Quasi quasi tornerei indietro: con la polizia di castità mi troverei meglio, perché sulle lenzuola le posizioni mica si vedono.

Chissà se la Marina ha gli stessi problemi. Ma no, è sempre stata più sana della Mavina. A dir la verità, questo carattere sano e cioè normale era anche il suo lato, come dire, banale. Aveva sempre reazioni equilibrate, perciò non suscitava interesse. A parlarle non si aveva soddisfazione alcuna. La Mavina, sotto questo aspetto (e forse questo soltanto), era più avvincente, perché era imprevedibile. Con la Mavina dovevi stare attento, anche se la invitavi al bar. Era capace di fermarsi con un'aria stupefatta, come se tu avessi osato qualcosa di inaudito, ti fissava drammaticamente e rispondeva a sua volta con una domanda: «Oggi?». Come se si potesse avvicinarsi a una ragazza, e invitarla al bar per il giorno dopo. Ma forse lei voleva dire che oggi stava poco bene, che aveva il mal di testa, o che le eran venute le mestruazioni. Che ne so. La Marina invece non ti rispondeva nemmeno, continuava a parlare con qualche amica, però nel frattempo camminava lentamente verso il bar, beveva quel che le offrivi, e sempre chiacchierando se ne andava. Praticamente, non aveva nemmeno notato chi l'avesse invitata.

Eccola qui, la bella, dolce e distratta Marina, nella sua villa, tutta sola — spero —, col marito a trecento chilometri. Se suonassi?

Da studenti, ci si divertiva a immaginare come doveva essere l'eros delle nostre compagne. Dalle poche cose che di loro si sapevano — voce, occhiate, sorrisi, gesti, modo di camminare, modo di mangiare, di sedersi e di alzarsi, di ascoltare e di rispondere —, si cercava di dedurre per proiezione quale doveva essere il loro comportamento a letto. La facoltà di Lettere aveva una sede nuova, con un largo atrio, molto luminoso, in fondo al quale era collocata, a ridosso del muro, una lunga panca: lì ci sedevamo noi, studenti delle altre facoltà, per osservare le studentesse di Lettere quando entravano e ci sfilavano davanti. Per entrare, le studentesse dovevano aprire, tirandola, un'ampia porta a vetri, molto pesante, che un meccanismo a molla richiudeva lentamente; quindi dovevano salire tre gradini, e arrivare al piano. Sul piano, avanzavano verso di noi, frontalmente, per una decina di passi, quindi svoltavano ad angolo retto verso destra o verso sinistra, a seconda che andassero in qualche aula o nella sala studentesse. Non ho mai capito perché Lettere abbia un ingresso così lambiccato, ma probabilmente era stato pensato proprio per l'uso a cui serviva: mettere in mostra le ragazze. Quando una piccola città ha una grande università, succede sempre così: la città sta dentro l'università, e non viceversa. E così, in quello spazio, le figlie della migliore borghesia vengono esibite in tutti i profili: in basso, sotto sforzo, in salita, di faccia, di profilo, di dietro. È una passerella articolata e ingegnosa. Più efficiente di quella per miss Italia. Ci manca soltanto lo speaker: uno che, lì appostato, col megafono in bocca, annunci la dote di ogni ragazza che arriva: «Cattolica, vergine, casa di proprietà, otto esami alla laurea, tesi in Archeologia Cristiana», quindi col prete-professore, da mettere incinta subito; «Cattolica, vergine, figlia unica, padre industriale», un'ereditiera; «Laureanda, tesi sui Faraoni», beh, si può tentare, i faraoni non dovrebbero creare problemi; «Atea»: stai attento, è una disadattata, e certamente non è vergine. Lo speaker non c'era, almeno allora (adesso ce ne sarà una squadra, si daranno il turno), e quindi queste informazioni te le dovevi conquistare da solo, una alla volta, settimana dopo settimana. Ma gli altri dati, quelli fisici, venivano dichiarati subito, in quei trenta metri dell'ingresso e del corridoio. Sfilando su quella complicata passerella, le studentesse, senza parlare, dichiaravano tutto quello che potevano, e il resto — come sarebbero state a letto — lo potevi ricavare con un po' di fantasia. Certo rischiando. Tutti noi maschi abbiamo cercato di indovinare le qualità erotiche delle nostre compagne, e probabilmente non ne abbiamo azzeccata una; ma ciò non significa che nel nostro cervello non sia stata immagazzinata una scheda per ogni ragazza, e ogni tanto, senza alcun motivo, torniamo ancora a rileggerla. Nella mia scheda la Marina risultava indifferente, disponibile ma non reattiva, capace di adeguarsi immediatamente al livello del partner: lo avrebbe seguito dovunque, senza precederlo mai; con lei si poteva fare molta strada, divisa per tappe, ogni tappa con un paesaggio diverso: fosse stata una musicista, avrebbe suonato sinfonie. La Mavina, invece, la sua amica Mavina, era la sua complementare: vibrava tutta, era sempre all'erta, sempre «accesa», come un apparecchio elettrico in cui si fosse rotto l'interruttore: non potevi più spegnerlo, prima o poi si doveva bruciare. S'è bruciata, ed è andata, onestamente, dal riparatore, questo elettricista del Pacifico. Fosse stata una musicista, per tutta la vita si sarebbe fermata ai solfeggi, variandoli sempre, senza mai esaurirli.

Ho sposato la Mavina. Adesso lei è pentita, e lo urla così forte, che si sente fino all'altra parte del mondo.

Eccomi qui, sotto la casa della Marina. Quasi quasi suono. Mi piacerebbe veder la sua faccia, dopo tanti anni. E parlare un po' con lei, sentire come sta, come vive. Vorrei... disfarmi della mia vita, e impossessarmi della sua. Poi magari torno a casa. Povera Mavina, in fin dei conti sta male, si difende come può, chiacchierando. Ma forse, quello che voglio è qualcosa di più: non ho più matrimonio, nel mio matrimonio è successo qualcosa di paradossale, vorrei sapere cosa sarebbe successo se avessi sposato un'altra, l'altra. Sì, ho questo diritto. Adesso parcheggio, e suono.

Sono sicuro che, al citofono, quando sentirà il mio nome, la Marina darà in qualche esclamazione. Non può restare impassibile come sempre. E poi, venendo ad aprire, alzerà le mani, aprirà la bocca. Una sorpresa anche per lei. Vale la pena suonare.

Suono. Niente. Poi: «Chi è?». È una voce strascicata, un po' indolente, stanca, nel senso di annoiata, ma anche un po' cantilenata, alla francese, come se nascondesse delle energie segrete. Una voce quasi cinquantenne. Siamo vecchi. Dev'essere lei. È una voce che spera che sia io. Posso dire il mio nome. Lo dico: «Costante». Lei però mi chiamava «Tino». Il citofono incalza: «Chi?». È una voce strozzata, alla vietnamita, una voce allarmata, sulla difensiva. Ripeto il mio nome: «Tino». Pausa. Ci deve pensare, non saprà cosa fare, ma non c'è niente da fare, sono io, sono qui. Si sente uno scatto: la porta s'è aperta. Posso entrare.

Parte terza

1
Ritrovarsi, vent'anni dopo

La villetta ha un ingresso come quello delle dive hollywoodiane: superi la porta e ti trovi ai piedi di una scalinata. Questi megalomani di architetti vanno al cinema e sfogliano le riviste sempre col blocco-notes in mano, per copiare le case dei ricchi. Forse è così che è fatta la casa del californiano. Mi piacerebbe che questa fosse la sua casa. Lui è entrato nella mia, io entro nella sua.

Sopra la scalinata appare la cameriera della Marina. Ahi, c'è una cameriera! Una quarantacinquenne leggermente ingrassata, vestita con una vestaglia lunga, di un color grigio con i bordi bianchi. Strano vestito, per una cameriera. Mi fissa con sguardo severo: le cameriere sono come i cani da guardia, ogni straniero è un nemico, da bloccare prima che entri. Man mano che salgo, il suo sguardo diventa, da severo, attento, da attento sorpreso, e da sorpreso si trasforma, mi pare, in contento. Quando arrivo al piano, la sua bocca, che prima era annoiata e scontrosa, si stira in un sorriso che conosco, mentre esclama: «Tu?».

È la Marina. La mia mancata moglie, la mia vera moglie. I matrimoni andrebbero sottoposti a verifica ogni otto anni, al massimo, per scomporre e ricomporre le coppie. La mia era composta male, è durata anche troppo. La mia nuova coppia è questa, io e Marina.

Mi sembra tutta un po'... dilatata. Come se, rispetto a venti anni fa, avesse continuato a crescere in tutte le direzioni, tranne l'altezza. L'altezza è ancora quella. Me ne accorgo perché ora le sono davanti, e i suoi capelli arrivano al livello della mia bocca. Anche allora, quando l'accompagnavo al bar, facevo ogni volta questa constatazione: la mia bocca arrivava giusto dove la sua fronte finiva e cominciava l'attaccatura dei capelli. Adesso quella fronte si è un po' allargata, e il seno pure. Forse avrà avuto più di un figlio, mettiamo due. Però si vede che è lei. Voglio dire, ricordo molto bene com'era, e da com'era si doveva chiaramente prevedere che sarebbe diventata così. Che stupidi siamo noi uomini, quando abbiamo vent'anni, a giudicare le nostre compagne così come sono, e non come diventeranno! Come sono lo restano per un attimo, poi si trasformano per sempre. Così trasformata la Marina è più... donna. Allora era una ragazza. Allora era distratta e superficiale perché era insicura. Adesso mi sembra tesa, attenta, decisa. Mi guarda. La guardo.

«Ciao, Marina»: mi esce una voce meravigliata, come se fossi stupito di trovarmela lì davanti, e se fosse lei che mi appare d'improvviso a casa mia.

«Ciao», risponde, con una voce che mi sembra diventata, inaspettatamente, calda. Mi guarda, sorridente.

«È tanto tempo... che non ci vediamo», dico, come se si fosse rotta una consuetudine d'incontrarci, che in realtà non c'è mai stata.

«Tanto tempo», fa eco lei, allungando le mani. Sorride sempre.

«Vent'anni?» calcolo, improvvisando, e intanto mi chino e le bacio le mani. Sulla mia nuca, sento che lei precisa:

«E quattro mesi».

Alzo la testa lentamente, per darmi tempo di capire.

«Li hai contati?».

«Entra», risponde lei, sempre con quella voce bassa, un po' roca, insomma carezzevole.

Così dicendo, mi è passata sul fianco sinistro, mi appoggia la mano destra sulla schiena, tra le scapole, e mi spinge avanti. C'è una porta aperta, e di là si trova, credo, il salotto.

«Sei... sei sola?» chiedo, anch'io a voce bassa, chissà perché.

«Sola», risponde, e stavolta mi par di capire che la sua voce, da calda, si è fatta triste.

Sì, è il salotto. È questa la camera azzurra. Dunque, era tornata qui quella volta che aveva prima spento, poi riacceso la luce, che da laggiù, in strada, sembrava una luce azzurrina. In realtà azzurre sono le tende. Dentro la luce è tutta bianca. Da fuori, io avevo immaginato che lei usciva, cercava qualcosa, e tornava qui. Vorrei chiederle, adesso: ‹Hai trovato?›.

Chissà cosa cercava. Mi guardo attorno.

«È bello, qui», dico, tanto per fare un complimento. Ma in realtà è abbastanza bello. C'è anche il camino, chiuso. Dall'altra parte c'è una cassapanca, antica, sormontata da una libreria: voglio dire che la libreria è stata disegnata in maniera da incastrarsi sopra la cassapanca, salendo da destra e da sinistra. Capisci subito che quella libreria non è importante per i libri che contiene, ma per l'effetto che fa insieme con la cassapanca. Probabilmente, si compra tutto in blocco, cassapanca, libreria, libri. E se poi si vende la casa, la si vende così arredata, perché fuori di lì quei mobili non hanno senso.

«Bello», fa eco lei, ma proprio come un'eco, senza anima, meccanicamente. Capisco che non le interessa.

La guardo. In realtà è vestita bene, non sembra affatto una cameriera. Quello è un soprabito, leggero e soffice, e forse lo usa proprio per metterselo addosso se arriva gente d'improvviso. Tutto il bordo, dal colletto fino all'orlo inferiore, è in pelliccia bianca, che immagino produrrà un contatto morbido e piacevole sulla pelle. È fissato solo con una cintura, annodata sul davanti. Certo si scioglie con un leggero stratto. Un delizioso pacco natalizio.

Una volta non avrei potuto immaginare la Marina vestita così. Il suo modo di parlare, di sorridere, di camminare lo escludeva. È come se fosse avvenuta in lei una trasformazione... biologica: la ragazza si è dissolta, e al suo posto è venuta questa donna, conscia, posata, sicura, che con quella non ha niente a che fare. Nella sua vita, la donna passa attraverso stadi fisici e psichici incomunicanti. Vivere sempre con la stessa donna, è come cambiarla ogni 7-8 anni. Ma anche per l'uomo dev'essere così, perché vedo che anche lei mi fissa, con uno sguardo in cui non c'è piacere o dispiacere, ma anzitutto una allarmata curiosità. Deve aver intuito che m'è capitato qualcosa. Ma per quanto si sforzi, non riuscirà mai a immaginare che cosa. Non può arrivarci: io e la Mavina, per come lei ci conosceva, per come allora eravamo, non avremmo mai potuto arrivare a una situazione del genere. Non vorrei che mi chiedesse qualcosa in proposito. Non ora.

«Beh, come ti va?» la precedo, tanto per distoglierla.

«Sediamoci, prima», risponde lei, e con la mano mi indica la poltrona che sta dietro di me. Mi siedo. La guardo. Il vestito che porta sembra fatto apposta per essere visto dal basso: la rende più dritta, affusolata. È ancora bella, anzi solo adesso è bella. Succede così in tutte le belle donne: sui quaranta-cinquanta sono belle, mentre sui venti erano soltanto carine o graziose. La bellezza, per essere tale, ha bisogno del tempo. È il tempo che la consolida, che la carica, che la rende succosa e gustosa. Una donna sui quaranta-cinquanta ha molti sapori. Una ragazza sui venti ne ha uno solo, e ancora acerbo.

Lei deve sapere che vista così, dal basso, ci guadagna, perché mi sta proprio davanti, e indugia, prima di rispondere alla mia domanda.

«Vuoi qualcosa, un bitter, un whisky?» chiede, premurosa.

«Whisky, grazie».

«Lo prendo anche per me».

Si volta facendo un giro su se stessa, come se il corpo ruotasse sul proprio asse, e il vestito lo seguisse, concentrico. Ha i fianchi un po' più larghi di allora, ma non molto. Lì il vestito è stretto dalla cintura, e la sua dimensione si vede esatta. Non ha pancia. Forse non ha avuto figli. Che sciocchezza perdersi di vista per venti anni! Forse c'è stato qualcosa di volontario, in questo abbandono.

Cammina per andare a una credenza, in fondo. Mi volta le spalle. Sento un tintinnio di vetri, sta prendendo vassoio, bottiglia, bicchieri. Ritorna. Si gira di profilo. Si gira ancora, di fronte. Avanza verso di me. Il seno le è un po' cresciuto, ma mica tanto. Con questa breve camminata per prendere l'whisky, si è esibita di spalle, di fianco e di fronte, e per un attimo ho avuto la sensazione di esser seduto sulla panca della sua facoltà, di fronte all'ingresso, e di vedere la Marina che sbuca dal grande portone di vetri, sale i tre gradini, avanza frontalmente, gira di fianco, se ne va mostrandomi la nuca. Allora era tutta sinuosa e leggera. Vestiva aderente. Adesso veste largo, è un po' più pesante, ma ha qualcosa che un tempo non aveva, qualcosa di... dignitoso. Una volta *si mostrava*. Adesso *appare*.

Mi stende il bicchiere, c'è già il ghiaccio dentro. Lo scuote un po'.

Mette il vassoio su un tavolinetto, si siede di fronte a me. Agita ancora il suo bicchiere.

«Vuoi sapere come mi va?» si riaggancia alla mia domanda.

«Sì, me lo chiedo spesso», confermo, per invitarla.

«Oh, non c'è male», e così dicendo butta un po' indietro la testa, ma poiché ha le gambe accavallate, quella superiore fa un piccolo scatto in su. «Insegno qui vicino», e, per indicarmi la direzione, alza un po' la mano che tiene il bicchiere, staccando l'indice.

«Ti è servita, l'università?».

«A niente»: sorride, un po' rassegnata, un po' sprezzante.

«Cioè? È tutto cambiato?».

«Era tutto... sbagliato. Cose di un altro mondo. Se insegnassi quello che hanno insegnato a me, perderei il posto dopo una settimana».

Non capisco. E, soprattutto, non avevo mai pensato che un giorno avrei parlato con la Marina di questi problemi.

Mi chino, appoggiando i gomiti sulle ginocchia.

«Beh, sai, abbiamo avuto tutti la stessa impressione. Ti ricordi Bussadori?».

Sorride: «L'ingegnere?».

«Sì, studiava Ingegneria. Ingegneria navale. Era innamorato di te. Diceva: "Due Marine, e sono a posto". Perché voleva lavorare per la Marina Civile, e sposare te».

«A me non l'ha mai detto»: ha appoggiato sul bracciolo della poltrona il gomito destro, e tenendo in alto la mano — col bicchiere di whisky — china la fronte sul polso, e così curvata mi guarda di sghembo.

«Beh, sai, da giovani, i ragazzi parlano coi ragazzi, e le ragazze con le ragazze».

«Già», e beve, un piccolo sorso.

«Beh, volevo dirti, questo Bussadori, a Ingegneria gli dicevano: "Faremo di voi dei tecnici che, se finiscono in un deserto, rifanno il mondo". Poi invece lui è finito in una fabbrica, e non sapeva fare niente. Allora gli hanno assegnato un operaio, a spiegargli tutto».

«Beh, mi è successa la stessa cosa. Insegno ai ragazzi quel che vogliono loro, non quello che m'ha insegnato l'università. Che ne è poi, del Bussadori?».

«È entrato in crisi, quando ti sei sposata...».

«Ma santo cielo, non si è mai dichiarato, ed entra in crisi se sposo un altro?»: ha agitato la testa, così dicendo, e i capelli le hanno ondeggiato attorno.

«Lui era veramente innamorato di te, per questo non si dichiarava. Ti seguiva dappertutto, di nascosto...».

«Ma guarda!».

«Anche al cinema. Si sedeva dietro di te, al buio, e respirava l'odore dei tuoi capelli. Non seguiva mai il film. Se però tu ridevi, tornava a rivedersi il film da solo, per ridere a quella stessa scena».

«Quel che si dice: uno spasimante!».

«Sarebbe morto per te».

«Ma guarda guarda», e veramente stupita si abbandona sullo schienale, «c'era uno pronto a morire per me, e vengo a saperlo vent'anni dopo».

«È il vantaggio dell'età. Si raccoglie. Allora, invece, si seminava».

«E che fa, adesso, il mio Bussadori?».

«È in Libia da vent'anni. Quando tu ti sei sposata, lui ha avuto uno choc: in quattro mesi si è fidanzato, s'è sposato ed è partito. Ha avuto subito un figlio. Poi ne ha avuti altri due o tre. Mi scrive, ogni tanto. Ogni tanto vien giù. Mi chiede di te».

La guardo. È colta veramente di sorpresa, ha le labbra dischiuse per la meraviglia. Nessuno, evidentemente, le ha mai rivelato nulla. Per costringerla a reagire, provo a commentare per primo:

«Un grande amore».

Si gira di lato, per un attimo guarda altrove, poi ritorna su di me:

«Com'è che non l'ho mai saputo?».

«Lo sai ora».

Non le piace la mia risposta. Si gira ancora di lato, guarda altrove, alza il bicchiere come se brindasse con un altro, ed esclama:

«Ai grandi amori mai conosciuti»,
e beve, un grande sorso. Bevo anch'io.

«Sai», si è voltata di nuovo verso di me, mi sta parlando con un tono di confidenza, anzi di confessione, «uno dei più grandi dispiaceri della vita, è quello di non sapere cosa sei per gli altri. Questo dispiacere è massimo nelle donne, e massimo nella giovinezza. Credo sia per questo che gli uomini hanno inventato il Giudizio Universale. Lo ha inventato la moglie per sapere se il marito l'amava, e il marito, per sapere con chi la moglie lo tradiva. Beh, mi sarebbe piaciuto un giudizio universale anticipato, prima di uscire dalla giovinezza: per sapere chi amava chi, prima che tutto fosse... dimenticato».

«Ma tu sei ancora giovane».

«Mica tanto. Sai quando ti accorgi che il mondo della giovinezza non ti riguarda più?».

«Quando?».

«Quando cominci a dimenticarlo. I problemi della giovinezza non sono più i tuoi problemi, non perché li hai risolti, ma perché li hai dimenticati. È come se... come se il mondo si rimpicciolisse, di anno in anno, perdendo ogni anno qualche terra di confine. I confini si restringono, finché ti soffocano. E allora muori. Ti ricordi Sandonà?».

«Il prete?».

«Il prete, sì. Era già laureato, era più vecchio di noi, aveva dieci anni di più. Veniva all'università per un perfezionamento in filosofia, e lo sai perché? Te l'ha detto?».

«No, non parlava tanto con noi. Parlava solo con voi donne».

«Con noi donne, sì. Ma ti assicuro che era molto casto. Beh, era convinto che avrebbe trovato una nuova prova, da aggiungere a quelle di sant'Anselmo».

«Una prova dell'esistenza di Dio?».

«Sì. Diceva che le prove sono come gli elementi

della materia: se ne manca uno, sai dove va situato e che cosa dev'essere, anche se non l'hai ancora trovato. Non ti resta che trovarlo, prenderlo in mano e mostrarlo alla gente. Così diceva per le prove dell'esistenza di Dio: ci sono dei vuoti, ma sappiamo dove sono e che cosa deve riempirli. Non resta che trovare quella cosa e mostrarla in giro dicendo: "Ecco Dio". Era convinto che questo era il suo compito».

«Ma tu come sai tutto questo, scusa?».

«Perché ce lo diceva. Dopo le lezioni di filosofia, durante le quali si alzava dal suo banco e litigava sempre col professore...».

«... Me lo ricordo».

«... veniva in sala studentesse...».

«Come?».

«... Ma sì, era un prete, nessuno gli diceva niente. Veniva tra noi studentesse, ci riuniva ad un tavolo e ci faceva da capo tutta la lezione del professore, corretta. Era certamente un genio. È andato in Africa, a fare il missionario».

«L'ha poi trovata, questa prova?».

«Ecco: il suo Ordine ha una casa, qui vicino, sui colli, e lui ci torna ogni paio d'anni, per qualche giorno. Dice che laggiù ha tante di quelle cose da fare, che fa fatica a ricordarsele. Allora se le annota, ogni sera, su un foglietto. Ovunque si trovi, in una casa o in una tenda, prima di mettersi a dormire lascia il foglietto lì accanto. Ma non poteva mica annotarsi sul foglietto: "Cercare l'esistenza di Dio". E perciò s'è dimenticato di cercarla. Così ha detto».

«Un prete che si dimentica di Dio!».

«Già. Siccome gira da un paese all'altro, ha paura di svegliarsi senza sapere dov'è, e così prima di addormentarsi se lo scrive. L'ultima volta che è venuto qui aveva ancora uno di questi foglietti, in tasca».

«Te l'ha mostrato?».

«C'era scritto: "Padre Sandonà, Missionario Comboniano, Stato della Nigeria", poi il nome del paese, qualcosa come Zinder, e infine: "Ore 9 visitare l'ospedale". Diceva: "Altro che scoprire chi è Dio, rischio di non sapere più chi sono io!"».

«È come se lo vedessi adesso, quel Sandonà. In fondo lo invidiavamo. Era alto, con una barba ben curata, e sempre molto elegante. Aveva una cintura di seta nera, larga, e un lembo ne pendeva lungo fino all'orlo della tonaca».

«A noi ragazze ci dispiaceva che fosse un prete».

«Un prete strano, però. Nascondeva sempre la mano destra dietro la schiena, perché fumava. Era proibito, ma lo faceva in pubblico, vergognandosi».

«Poveretto. Noi pensavamo che, se avesse avuto una ragazza, avrebbe smesso di fumare».

«E noi pensavamo che le avesse tutte, le ragazze».

Marina sorride, ma un po' tristemente. Guarda da un lato. Poi si gira, prende la bottiglia di whisky, si china per riempirmi di nuovo il bicchiere, riempie anche il suo e lo alza dicendo:

«Ai cercatori di Dio che han perduto se stessi», e beve. Bevo anch'io. Non mi par vero di essere qui.

2
Il canto delle balene

«Però, Marina, siamo stati una generazione importante».

«Tu credi? Forse perché ti ricordi ancora cosa siamo stati. Ma appena te lo sarai dimenticato, saremo una generazione qualunque».

«Ma non si può dimenticare tutto, scusa. Ti ricordi Miro?».

«L'ateo-credente?».

«Ma perché lo chiami così?».

«Perché *era* così. Siamo stati insieme fin dal liceo, mi permetterai di conoscerlo bene».

«Io lo ricordo solo come ateo. È stato il più importante, della nostra generazione. Ha tentato la rivoluzione. Anche lui, appena laureato, faceva lezione agli studenti. Li radunava in libreria: "Dio è una parola, il mondo è una cosa", sosteneva; c'eran più studenti da lui, in libreria, che dai professori, in tutta l'università».

«Che strano, i ricordi non ci uniscono sul nostro passato, ma ci separano».

«Perché dici questo?».

«Perché Miro è stato importante anche per me, anzi per tutte noi donne della stessa generazione. Mi ricordo bene di lui. Ma se sento qualcuno che ne parla, come te adesso, mi vien da domandarmi: "Ma di chi sta parlando costui?". Perché lo stesso Miro, ricordato da me, è un altro. Scherzi dell'età».

Ride.

«E chi è, il tuo Miro?».

Si abbandona sullo schienale, guarda lontano. È ancora bella.

«È un giovanotto alto e magro, vestito di scuro, sempre piuttosto elegante, con la cravatta, capelli ondulati, neri, sopracciglia arcuate, fronte corrugata, un rictus al labbro superiore che scopre un po' i denti...».

«Mio Dio, ma sai cosa mi stai evocando?».

«Cosa?».

«Il diavolo!».

«Eh?».

Sorride, non ride. Ci pensa un po', calma.

«Beh, siamo lì. In effetti somigliava al diavolo».

«Ma scusa, non eri partita per rappresentarlo come credente?».

«Aspetta. Questo giovanotto dai capelli ricci e dal labbro tremante, sempre curvato su se stesso come se fosse nudo in mezzo al freddo, quand'era studente girava per la città col *Vangelo* sotto il braccio, e quando si metteva a parlare con una ragazza — e si metteva sempre a parlare con le ragazze, secondo me ne aveva un gran bisogno — chiacchierava per mezz'ora delle cose più frivole, l'ultimo film, l'ultimo esame, poi d'improvviso diventava nervoso, le si parava davanti, tirava fuori il *Vangelo*, le leggeva due o tre righe e chiedeva: "Questo è importante per te?". La ragazza, chiunque fosse, restava ammutolita. Allora lui la lasciava lì impiantata, e, sempre così curvo, si allontanava».

«Beh, credo che sei l'unica a ricordarlo così».

«No, invece: tutte noi, donne della sua generazione, lo ricordiamo così. Perché era molto importante per noi quel che faceva. Significava: "Vuoi amarmi? Prima devi amare qualcos'altro". Questo era straordinario, non ci aspettavamo che un uomo potesse ragionare in quel modo».

«Senti, Marina: non è che ti eri innamorata di lui?».

«Vuoi sapere la mia risposta? Nessuna donna si è mai innamorata di lui, neanche quelle che lo hanno sposato. Però tutte eran pronte a sposarlo».

«E tu vuoi sapere la mia? Eravamo un po' tutti come lui. Era la nostra generazione che era fatta così».

«Solo che col passare del tempo si dimentica com'era fatta».

«Sei cattiva. Il Miro che ricordo io è completamente diverso. Sì, anche il mio girava per la città con un libro sotto il braccio, per interrogare la gente, ma il libro era *Il manifesto*».

«Avrei voluto», e così dicendo la Marina, che durante la conversazione si era curvata in avanti, torna a rilassarsi, abbandonandosi sullo schienale e alzando gli occhi al soffitto; sorride:

«avrei voluto che i due Miri si incontrassero. Uno viene da una parte, l'altro dall'altra. Stessa aria disfatta, stessa andatura curva. S'incontrano, uno tira fuori il *Vangelo* e chiede: "Questo è importante per te?", l'altro tira fuori *Il manifesto* e ribatte: "E questo è importante per te?"».

«Beh, è andata un po' così».

«No, il tempo lo ha impedito. L'età. Il secondo Miro non si ricordava più del primo. Una volta pensavo che il cambiamento fosse dovuto a una crisi ideologica. Ma poi ho capito che per lui, come per Sandonà, non si trattava di crisi, ma semplicemente del passare del tempo. Si invecchia, caro mio. Sai cosa capitava a Linneo?».

«Che cosa?».

«Da giovane aveva scritto dei libri originali, praticamente aveva fondato una nuova scienza. Da vecchio, rileggendoli, esclamava: "Perbacco, come sono interessanti! Chi li ha scritti?". Gli rispondevano: "Voi, maestro!". E lui di rimando: "Bene bene, sono molto contento!"».

Ride.

«Me lo rivedo ancora davanti, Miro, ogni tanto — dico io —. Tutti quelli che l'han conosciuto se lo rivedono. Ci rappresentava, in qualche modo. Con quella faccia piena di tic. Rideva, e gli venivano i tic, alla bocca, agli occhi. Si arrabbiava, e gli venivano i tic, alla bocca, agli occhi. Scommetto che gli venivano anche quando dormiva».

«Adesso son diventati tremiti. Trema sempre. Probabilmente, se camminando per strada incontrasse gli altri due Miri, non li riconoscerebbe, neanche li saluterebbe. Ha qualche anno più di noi, ma mica tanti, sai? Tre o quattro. Ma a una certa età, tre anni sono un secolo».

«Gli verrà un infarto, prima o poi».

«Se dimentica tutto, come Sandonà, vivrà a lungo. In fondo, sono uguali, lui e Sandonà. "Sandonà, hai provato l'esistenza di Dio?": "Non ho tempo"».

Alza il bicchiere.

«Marina, ma è il terzo».

Sorride. Lo alzo anch'io. Dice:

«A coloro che fermano i passanti, per leggergli due righe».

Beve. La guardo. È più bella di una volta, ma di una bellezza... torbida.

«Hai paura d'invecchiare, Marina?».

«Perché, tua moglie no?».

Non ha detto «Mavina», ha detto «tua moglie».

«Mia moglie... vive fuori del tempo. È in analisi».

«Chi, la Mavina?».

Adesso l'ha chiamata per nome.

«Sì, la Mavina. È in analisi da vari anni».

«Raccontami, raccontami».

«Ha cambiato analisi e analista più volte, adesso s'è messa con un americano. Ma fa analisi dove le càpita».

«Cioè? Raccontami tutto».

L'ha molto sorpresa, la notizia della Mavina in analisi. Ha deposto il bicchiere sul tavolo, e s'è avvicinata a me.

«Mah, ha questo bisogno di parlare della propria vita. Vuol sempre raccontare tutto quel che le càpita. Se fa un viaggio, mi telefona mattina e sera, per dirmi tutto quel che le succede. È stata in California, l'anno scorso...».

«In California? Viaggia spesso?».

«Più che può. Fosse per lei, sarebbe sempre in aereo. In aereo dorme, guarda te. Il sibilo dei reattori le concilia il sonno. Come si stacca da terra, lei si appisola. Si vede che è proprio la terra che le fa male», mi vien da ridere. Ma Marina non ride.

«Beh? E la California?».

«Ecco, volevo dirti: anche da là mi telefonava due volte al giorno, cioè alla notte, perché mica tien conto dei fusi orari, lei telefona quando le salta il tic».

Marina ride:

«In fondo, è gentile, ti tiene informato», e riprende il bicchiere.

«Informato di cosa? Era andata con la bambina...».

«Avete una bambina?».

«Sì, e un bambino. Il bambino è più vecchio. Dunque, una volta mi chiama, saranno state le tre, le quattro del mattino, mi chiama tutta eccitata, gridando: "Ho sentito le balene, ho sentito le balene!". Era partita apposta per sentire le balene. Sul dépliant c'era scritto: "I turisti saranno portati su uno scoglio, da cui in certi giorni si sentono le balene"».

«Si sentono come, cosa fanno le balene?».

«È quello che le ho chiesto anch'io. E lei, dall'altra parte del mondo, mi risponde: "Fanno: Fìììì, così". Poi dice: "Ti passo la piccola", e mi passa la piccola».

«Come si chiama?».

«Titti, la chiamiamo Titti. Mi passa la Titti, e la Titti fa: "Ho sentito le balene, ho sentito le balene". Tutta eccitata, anche lei».

«Beh, sarà stata una grande emozione. Io non le ho mai sentite».

«Neanch'io. Chiedo, anche a lei: "Come fanno le balene?", e lei: "Fanno: Mùùùù, così"».

La Marina spalanca occhi e bocca per la sorpresa, ho paura che le cada il bicchiere. Invece, lo stringe serrando il pugno, e scoppia a ridere fragorosamente, abbandonandosi sullo schienale. Mi fa piacere sentirla ridere. Voglio legare con lei, e il riso apre una breccia nella sua difesa.

Si calma.

La guardo, mi guarda. L'allegria le ha un po' scomposto la faccia, come se l'avesse... scaldata. Pare... ma sì, è così che pare: appena alzata da letto. Leva il bicchiere:

«A quelli che viaggiano verso mari lontani» dice, «per sentire il canto delle balene», e manda giù.

3
Il venditore di parole

«E tu, Marina?», riprendo, per guidare il discorso. Diventa seria.

«Io cosa?».

«Dimmi di te, di tuo marito, dei tuoi figli».

«Solo una figlia. Cioè: io sono sua madre, ma lei non è mia figlia».

«Che vuoi dire, scusa?».

«Ha tredici anni, l'anno scorso ha studiato a New York. A quell'età i bambini cambiano molto, in tre mesi non li riconosci più. Figurati in un anno. Beh, sta via un anno, studia, vien promossa, poi torna. L'aspetto all'aeroporto. Scendono tre centinaia di persone, mi passano a destra e a sinistra, uomini e donne, vecchi e giovani, mia figlia non c'è. "Vuoi vedere che non è partita?" mi dico. Rientro a casa, e trovo una ragazza seduta. La guardo, la guardo, e riconosco mia figlia. Allora ho capito: la vita ci separa, cioè lei vuol separare le vite».

«Ma no, Marina: i figli crescono, tutto qui».

«Crescono per conto loro, non con noi. E poi, scusa: lei sarà cambiata, ma io no. Com'è che non mi ha riconosciuta? Dopo vent'anni, tu mi hai riconosciuta ancora, dopo un anno lei mi dimentica, com'è?».

«I giovani dimenticano, Marina».

«Se ci dimenticano da vivi, figurati da morti».

«Vorresti essere ricordata, Marina?».

Mi guarda, attentamente.

«Sì, vorrei. A una certa età vien voglia di... vivere negli altri».

«Come la Mavina. Si attacca a tutti, anche a chi incontra per la prima volta. A tutti consegna un pezzettino della propria vita».

«Per esempio?».

«Ti piacciono le storie della Mavina, eh?».

«Più di quel che credevo. È molto cambiata, infatti».

«Certo non si poteva prevedere, quand'era studentessa, che oggi non riesca a fare una passeggiata senza metterci qualche stravaganza».

«Per esempio?».

«Beh, sai, in fondo è sempre stata un po' squilibrata. Non lo dico mica in senso spregiativo. Anzi, quand'eravamo studenti mi piaceva questo lato del suo carattere, la rendeva imprevedibile, più interessante...».

«Più di me, vuoi dire».

«Lo sai che non è vero».

«Torna all'argomento».

«Sei tu che mi distrai. Tre giorni fa... quattro giorni fa c'è stato l'incontro con il venditore di parole...».

«Con chi?».

«Il venditore di parole. Nessuno compra niente dal venditore di parole. Passa lei, e subito vuol comprare. Non ne posso più...».

«Ma come, sei stufo della Mavina?».

«Lasciami finire. Naturalmente, quello s'è fatto pagare, e le ha venduto il niente: è quella la sua merce».

«Raccontami, raccontami».

«Stavamo facendo una passeggiata, nelle piazze dei madonnari, dentro l'isola pedonale...».

«Beati voi, che abitate in città».

«Io invidio te, guarda un po'. I madonnari poi sono sgradevoli. Si mettono negli angoli dove il passaggio è più intenso, e lì si riservano un quadrato di spazio recintandolo con le scarpe, la camicia, il berretto, i pantaloni, e si accovacciano in mutande per terra a disegnare. Ogni tanto vengono i vigili e li obbligano tutti a rivestirsi. Quando han finito il disegno della Madonna e del Bambino, si stendono lì a fianco e si addormentano, lasciando il cappello per raccogliere le offerte. Non puoi più passare per i marciapiedi, rischi sempre di sbattere sui loro corpi. Ce n'è uno ogni dieci metri».

«Beh, e la Mavina?».

«Ecco. La Mavina vuol proprio passare di lì, quando fa la passeggiata. Non che le interessino i disegni. E neanche i disegnatori. Ma le interessa la gente: c'è sempre tanta gente, lì, che si permette un po' di relax, si guarda in giro, si sente bene, saluta. Passando di lì e salutando, hai l'impressione di sentirti bene come loro. A Mavina fa piacere, credo, spartire queste sensazioni».

«Io qui vivo nel vuoto...».

«No, guarda che mezza città viene qui, alla domenica, appena può».

«Continua».

«Figurati che la Mavina procede a zig-zag, vuol proprio visitare questi madonnari uno dopo l'altro, italiani, africani, indiani. Ha paura di saltarne qualcuno. Gli africani fanno Madonne nere, e gli indiani indiane: ci fanno anche il neo sulla fronte. Aveva un neo sulla fronte, la Madonna, secondo te?».

«Che ne so».

«Beh, comunque, non volevo parlarti dei madonnari. Dopo la piazza dei madonnari ci sono le gallerie, galleria Dante, galleria Petrarca, galleria Galileo, hai presente? In una di queste c'era il venditore di parole. Stava lì, e vendeva parole».

«Lì dove, scusa?».

«Aveva affittato un negozietto, con tanto di vetrina, come se vendesse verdura. Sulla vetrina aveva scritto, in maiuscolo: "Qui si vendono parole, per vostra consolazione"».

«Originale».

«Attraverso la vetrina, si vedeva tutta la stanza: vuota, con un tappeto per terra, e sul tappeto stava accovacciato un indiano, con un barbone sporco, un uomo della quarta età, sui 100 anni, e sai cosa faceva?».

«Cosa?».

«Dormiva. Nessun dubbio che dormisse. Davanti a lui c'era una donna, inginocchiata sul tappeto, a capo chino, che aspettava. Un'europea. Ma lui dormiva. Chiaramente dormiva».

«E poi?».

«Poi ha aperto gli occhi, lentamente. Senza scomporsi, a bassa voce, ha cominciato a canticchiare, una lunga nenia, muovendo la bocca come se stesse ruminando. Di qua dal vetro si sentiva vagamente l'onda della cantilena, qualcosa come: guàmm..., guàmm..., guàmm... Così».

«Così?».

«Così. Ha finito di colpo, e che avesse finito lo si è capito dal fatto che si è pulito le labbra con la lingua, come un bue. Non successe altro. Adesso era la donna che si trovava in letargo, come un paziente quando il chirurgo ha finito. Allora da dietro la tenda vien fuori un ragazzino, con gli stessi occhi acquosi del venditore di parole, che sia suo nipote?, le si avvicina e la scuote. La donna apre gli occhi, sbatte le palpebre, e si guarda in giro. Non ha un'aria consolata, ma neanche triste a dir la verità: ha un'aria, propriamente, stupida. Il ragazzo le fa un inchino, lei capisce che deve andarsene, si tira su, raccoglie la borsa, e s'incammina verso la porta, a testa bassa. Il ragazzo sta dando da bere al vecchio, con una caraffa. Quello si riempie la bocca, fa i gargarismi (ne sento il gorgoglìo, anche se sono in strada), poi si volta e sputa in una bacinella, posata per terra lì a fianco. Non mi sembra un posto igienico. Meglio andarsene. "Entro", dice eccitata la Mavina, e prima che io abbia il tempo di ribattere è già di là, inginocchiata davanti al santone...».

«La Mavina?».

«La Mavina. Il ragazzo esce da dietro la tenda, le si china all'orecchio e dice qualcosa. Lei mi sembra sorpresa, anzi irritata. Vedo che fa un cenno verso di me, e mi indica col dito. Il ragazzo viene di qua, è più nero di quanto pareva attraverso il vetro, anzi non è nero è proprio unto, son convinto che lavandolo bene, con molto sapone, diventerebbe di un bell'oliva liscio. Mi si china all'orecchio, e che cosa dice?».

«Che cosa?».

«"Centomila", dice a bassa voce, con discrezione. Sulle prime non capisco: centomila cosa? Poi mi viene il sospetto: vuol essere pagato in anticipo, non si fidano. Hai capito! Vendono parole, pagamento in contanti, anticipato. Il santone acciocchito non apre bocca, se prima io non sborso un pezzo da cento, il ragazzo me lo sfila dalle dita e ritorna di là. Sparisce dietro la tenda».

«E le parole? Cos'ha cantato, il vecchio, alla Mavina?».

«Aspetta. Il vecchio sta lì, non parla. Ho l'impressione che stavolta non canterà, mi pare che non sia più in vena. S'è fermata gente attorno a me, si aspettano la nenia. Mavina sta dicendo qualcosa...».

«Che cosa?».

«Chi lo sa? Per farsi capire s'avvicina con la faccia al vecchio, parla freneticamente, poi si ferma di colpo...».

«Mi piacerebbe tanto sapere cos'ha detto».

«Guarda, resteresti delusa. Magari gli avrà detto che gli voleva bene. Quello comunque resta imperterrito, come se neanche avesse sentito. Ha sentito, ma non gliene importa. È vestito con un saio che una volta doveva essere bianco, adesso è fumo di Londra. Mettendolo in ammollo insieme col ragazzo, il ragazzo verrebbe oliva, il saio bianco, e l'acqua nera: scaricandola nel fiume si provoca una morìa fino a mezzo Adriatico. Per questo non si lavano più: è tardi ormai».

«Razzista».

«Ma no, son loro che sono sporchi. La Mavina mi sembra innervosita, e quando è innervosita è capace di qualsiasi cosa. S'è avvicinata ancora di più, ha paura che quello non senta, che sia duro d'orecchio. Centomila lire per parlare a un sordo. È un'esperienza, serve a maturare. Chi non s'è confidato con un sordo è un uomo incompleto. Come me. E come te, suppongo. Vedessi la Mavina come si completava!».

«Ce l'hai con lei, poverina?».

«Poverina lei? Poverino me, vorrai dire! Il vecchio si pulisce le labbra con la lingua, ha la bocca secca, forse ha cantato troppo prima, non ha più voce in gola. È un primitivo, se fosse un europeo avrebbe già capito che non gli conviene sgolarsi in queste terapie singole, perde la voce e intasca un solo compenso: gli converrebbe fare delle terapie di gruppo, sei-otto per volta, cinquantamila a testa, quattrocentomila per un quarto d'ora, un milione e mezzo all'ora, dodici milioni al giorno; volendo può permettersi una sosta la mattina e una al pomeriggio, e in quelle soste farsi una doccia, due docce al giorno, in mezza settimana stermina ogni vita animale nell'Adriatico, fino alla Jugoslavia e alla Grecia. Così, invece, si infiamma le tonsille per tre-quattrocentomila lire al giorno, ammesso che in una giornata trovi quattro mavine pronte a comprar parole. Le parole, comunque, deve dirle. Ho già pagato, sono mie. La Mavina me le deve portare».

«Te le ha portate, poi?».

«Ecco. Il santone si raschia la gola, ha la gola intasata. Forse è per questo che non parla, non ci riesce. Il ragazzo accorre da dietro la tenda, gli sposta di fianco la bacinella, il vecchio sputa due o tre volte. Si pulisce la bocca con l'orlo del saio, che adesso non può più finire in ammollo insieme col ragazzo, andrà bollito a parte, e sterilizzato. Forse è meglio bruciarlo, col lanciafiamme. Insieme col vecchio».

«E con la Mavina, eh?».

«La Mavina mi dà un'occhiata, una strana occhiata...».

«S'è accorta che volevi bruciarla».

«No, non un'occhiata di supplica o di scusa, ma di trionfo. Come se dicesse: "Vedrai che adesso parla". La gente attorno a me vede quell'occhiata d'intesa, qualcuno si volta incuriosito, per avere spiegazioni: "Cosa succede?"».

«Lo chiedono a te?».

«A me. Dovrei rispondere: "È mia moglie, compra parole", ma è difficile da capirsi, anzi da capirsi può anche essere facilissimo, difficile è essere il marito di una donna che compra parole. Rispondo alla curiosità della gente facendo una faccia stupita, di chi non sa cosa dire. La gente crederà ch'io dica: "Non so cosa vuole questa donna", io invece sto dicendo: "Non so come mai questa donna sia mia moglie"».

«Lo sai benissimo».

«Guarda, alle volte vorrei proprio che qualcuno me lo spiegasse».

«Vai avanti».

«Beh, il vecchio si sveglia di colpo, apre gli occhi, si guarda in giro. Vede Mavina. "Chi sei?", sembra chiederle, "e cosa fai qui?". Come vorrei saperlo anch'io, papà. Nonno. Se ti risponde qualcosa, tientelo in mente, che poi me lo racconti: ti pagherò».

«Ancora whisky?».

«No, grazie. Centomila lire per sapere chi è mia moglie: non sono tante. Ho speso tutta la vita senza avere una risposta, se ce l'ho per centomila lire è regalata.

Il nonno ha uno sguardo lucido, segno che i reni riprendono a funzionare, filtrando il sangue. Prima si vedeva che il sangue gli spargeva per il cervello una nebbia malaticcia, adesso lo ventila di ossigeno refrigerante».

«Sembri un medico».

«I reni dei vecchi han di queste alternanze. Anche Mavina, di là, si accorge dell'improvvisa limpidezza del vecchio, che può durare un attimo, e per cogliere l'attimo e avere la risposta lancia una domanda, fulminea: tre parole e basta. Anche il vecchio è fulminato, anzi irritato: un monosillabo e basta. Stando di qua dal vetro, non ho sentito i suoni, ho visto i movimenti delle labbra, ma non so interpretarli, ho l'impressione che il colloquio sia stato di questo tipo: "Chi sono io?", "Tu". Mi sembran tante, centomila lire.

Anche Mavina è un po' incerta, non sa se accettare quella parola o chiedere indietro i soldi. Ma il patto è questo, mia cara: l'Europa ha domandato, l'India ha risposto. Mavina si gira e viene di qua.

La gente la guarda come una miracolata, appena uscita da uno spazio sacro...».

«L'ammira, vuoi dire?».

«No; evitano di toccarla. Ma forse è anche una questione di igiene. Chissà se nel terrore del sacro c'entra l'igiene. Lei mi prende sottobraccio, io non posso evitarla, sono il marito, e ci allontaniamo da lì. Appena fuori dalla galleria, sempre camminando, senza dar peso alla cosa, le chiedo a bruciapelo: "Che cosa ti ha detto?". Lei si ferma di colpo, mi trascina davanti a un negozio, dove sono esposti vestiti per donna, blusette, camiciole, giacche. C'è una giacca blu, al centro, con i bottoni dorati, da capitano di marina. Lei la osserva con attenzione, guarda il bavero, i risvolti, il taschino. Ripeto: "Che cosa ti ha detto?". E lei risponde: "Blu"».

«Ha detto: "Blu"?».

«Ha detto: "Blu"».

E la Marina, la mia mancata moglie, mi fissa per un attimo seria, come se non avesse capito bene, poi fa una leggera smorfia, che mi sembra di tristezza, quindi si abbandona sullo schienale e scoppia in un riso che diventa scroscio. La breccia s'allarga. Prende il bicchiere: «A coloro», ma si ferma per ridere, «a coloro che vanno da un sordomuto, per comprare una parola».

4
Il lampadario giapponese

Ci mise un po', la Marina, a calmarsi. Gli occhi le eran diventati rossi.

«Tu ce l'hai con tua moglie», disse alla fine, e mi parve quasi ostile.

«Non è più mia moglie», risposi, non so neanch'io perché, forse per discolparmi.

«Come come?».

«Credo di essere scappato da lei, oggi».

«La stai piantando?».

«Non lo so. Ma ho l'impressione di non essere più suo marito. Sai, lei va in analisi».

Ma a questo punto mi resi conto che Marina non poteva capire. Nessuno può capire. Però, così come l'avevo detta, la cosa mi sembrava verissima: se la moglie va in analisi, il marito è libero. Poiché in analisi lei stringe un legame più forte, allora gli altri legami son sciolti. Se la Marina abboccava, glielo spiegavo.

«Beh, non mi dirai che ci va a letto, con l'analista».

Aveva abboccato.

«Peggio».

«Che c'è di peggio, scusa?».

Eravamo al punto. Sentivo che dovevo esser preciso, ma proprio in quel momento mi venne il timore di non aver chiaro il concetto dentro di me. Allora decisi di parlar lentamente, misurando le parole.

«Vedi, Marina, se ci andasse a letto, implicherebbe soltanto se stessa. Il fatto è che lei... non so come si possa dire... viene a letto con me per far piacere all'analista. In sostanza, è come se tutt'e due venissero a letto con me, amoreggiando tra loro».

L'avevo detto bene. Anche oggi, ripensandoci, mi sembra di averlo detto bene. Era difficile, ma ci ero riuscito. A quel punto, mi resi conto che proprio il fatto di essermi espresso bene, rendeva la cosa oscura. Perché la cosa *è* oscura. Per renderla chiara, bisogna renderla come non è.

Marina taceva, fissandomi con uno sguardo in cui non c'era curiosità, ma, mi parve, disapprovazione. Non capivo se ce l'aveva con me o con la Mavina. Comunque, dovevo fare un altro sforzo, darle un'idea di cos'era successo. Aspettavo una domanda.

«Si è innamorata dell'analista?».

Non ci siamo.

«No, è una cosa diversa. Si è più che innamorata. Lei può innamorarsi di chiunque, ma l'analista — del quale non è innamorata — conterebbe di più».

«Non capisco».

«È normale. Io lo capisco perché sono costretto. Se non fossi costretto, neanch'io lo capirei».

Anche questo l'avevo detto bene. Quando parlo con mia moglie, le cose che dico non mi vengono mai così bene. Aver trovato una nuova amica mi faceva venir fuori nuove parole. Continuai:

«Tutto quello che le succede, alla Mavina, lei corre a riferirlo all'analista. Se le tagliassero una gamba, lei non si opporrebbe, ma direbbe: "Tagliate pure, ma stasera lo racconterò al mio analista". E così fa con me e coi nostri figli. Credo che sia una moglie fedele...».

«Certo che lo è».

«Ma tu che ne sai, scusa? Solo perché eravate amiche? È passato tanto tempo, da allora, e non siete più le stesse».

«Che ne sai di me?».

«Niente, e mi piacerebbe saperne qualcosa».

Stavolta Marina non abboccò.

«Credo che sia una moglie fedele, ma non a me solo. Lei è fedele alla coppia marito-analista. Con me fa l'amore, con lui lo discute».

«Lo discute?».

«Ma sì, è questo il problema. Glielo racconta per filo e per segno, e lui domanda: "Come si mette lei?..."».

«Domanda: "Come si mette lei?"?».

«Ma sì, e anche: "Come si mette lui?"; poi esamina, consiglia e corregge».

«Consiglia e corregge?».

«Ma sì, e se gli pare il caso convoca il marito».

«E tu ci vai?».

La Marina aveva smesso di divertirsi, eravamo

arrivati al clou della storia, era proprio qui che la storia diventava comica (non per me, naturalmente), ma da questo momento la Marina era entrata, questa era la mia impressione, in stato di allarme. Aveva perfino aggrottato le sopracciglia. Seguiva con interesse, ma non più — mi sembrava — con simpatia. Come se si preparasse a prender le distanze.

«Ci sono andato. La Mavina insisteva, ci sono andato. Non avevo un'idea di cosa fosse una seduta di psicanalisi. Ora lo so».

Qui sentii il bisogno di fare una pausa.

«Se mi convocassero adesso, risponderei: "No, guardate, voi fate la vostra analisi per conto vostro, e io vivo la mia vita per conto mio", e me ne andrei via. Avere la moglie in analisi, è come vivere con una telecamera incorporata, non te la puoi levare neanche quando dormi, o vai in bagno. Cosa si vede da lì?».

«Da lì dove?».

«Da quella finestra rotonda».

«Ah, l'*occhio*. Mio marito lo chiama "occhio". Si vede la strada. Lo abbiamo fatto apposta per vedere la strada, a me piace guardare la strada, specialmente a quest'ora».

«A quest'ora, perché?».

«È l'ora in cui passano le auto, tornano a casa, e cominciano ad accendere i fari. Mi piace osservare i guidatori, così serî, tutti in fila, con due fari davanti e due dietro: mi pare un luna-park».

«Posso vedere?».

«Sei stanco di stare seduto? Alziamoci».

Si alzò prima lei, ma rimase lì in piedi. Io andai all'oblò. Effettivamente le auto correvano tutte nella stessa direzione, alla stessa velocità, compiendo le stesse manovre: sbucavano dalla curva di destra, acceleravano, piombavano sulla curva di sinistra, frenando. Frenavano tutte esattamente allo stesso punto, lo si capiva dai fanalini rossi dello stop. Si aveva l'impressione che dentro ci fossero uomini tutti identici, che avevano passato una identica giornata, e tornavano a casa per una identica serata.

«Ti piace guardare questi uomini, Marina?».

«È l'unica distrazione che ho», e mi sembrava che lo dicesse con un'ombra di risentimento; aggiunse, infatti: «sono sempre sola».

«Questi uomini sembrano tutti uguali, come se vivessero vite indifferenziate. Eppure, ognuno ha qualche segreto, che nessuno scoprirà mai. Scoprire il suo segreto, è come uccidere l'uomo. È quel segreto che lo tiene in vita. Sai quand'è che un bambino diventa uomo?».

«Quando?».

«Quando ha il suo primo segreto. Qualcosa che lo isola dai genitori. Allora la sua vita è sua. Prima era del padre e della madre, o degli amici. Ma da quel momento è sua: e lui è un uomo. Mette radici. Scoprire i segreti di un uomo, è come scavare le radici di una pianta: la fai morire».

«Vuoi vedere il resto della casa?».

«Più tardi, grazie. Mi piace guardare le auto da questo oblò, avete avuta una buona idea. Pare che tutti i guidatori abbiano qualche problema, sono così tesi».

«Anche a me fan questa impressione».

«Sono così perché sono naturali: non sanno di esser visti. Hanno appena lasciato l'ufficio, chissà cos'è successo in ufficio. Tornano a casa dopo una giornata, chissà cos'è successo a casa. Il marito, con i segreti della sua vita di lavoro, torna dalla moglie, che ha i segreti della sua vita di casa. Per cinque, per dieci minuti, ognuno cercherà, senza riuscirci, di rubare i segreti dell'altro: "Cosa ti è capitato oggi, chi hai visto, chi è venuto, cosa ti ha detto, e tu cosa gli hai risposto, raccontami". L'altro risponderà con indifferenza, o addirittura con noia, dal bagno dove sarà andato per lavarsi le mani: "Ma niente, le solite cose". Ognuno vorrà tranquillizzarsi su un problema: non è che l'altro ha qualche segreto, che lo separa da me? E intanto cerca di rassicurarlo: stia calmo, il coniuge ha una vita senza segreti. Quando il figlio o la figlia cresce, si cerca di ritardare il più possibile l'inizio dell'età dei segreti: se torna tardi la sera, si cercherà di informarsi presso i suoi amici: dov'è stato, con chi, cosa ha fatto. Perché l'età dei segreti è quella in cui i figli non sono più nostri figli, son nostri rivali. E poi ci sono i segreti di coppia, e i segreti di famiglia. Credo che i segreti di coppia siano i più segreti di tutti».

«Insomma, ti senti tradito».

«Non riesco a capire quelli che vanno in analisi. Impazziscono nello sforzo di raccontare ogni segreto. La Mavina ha sempre quaderno e matita con sé, anche quando mangia: mangia col quaderno e la matita accanto al piatto, e quando le vien in mente qualcosa, mette giù la forchetta, prende la matita e se lo scrive per raccontarlo all'analista. Si mette la sveglia di notte, per annotarsi i sogni. Ha il terrore di restare con qualche segreto. Vuole svuotarsi di tutto, buttarsi con le radici al sole: perché le hanno detto che solo così guarirà. L'analisi è una pratica antisociale, dovrebbero proibirla».

«Qui è pieno di analisti, vengono tutti ad abitare sui colli. Ma non vuoi veder il resto della mia casa?».

«Sì grazie. Poi me ne andrò».

Era la seconda volta che voleva mostrarmi la casa: è una mania di tutti coloro che possiedono delle ville. In città, con gli appartamenti, non c'è questa abitudine. Ho cominciato subito a farle dei complimenti, perché mi pareva che ci tenesse: il corridoio aveva delle nicchie, dov'eran collocati pezzi d'antiquariato, budda, icone, comprati probabilmente in qualche viaggio all'estero. Ma ho capito subito che lei era perfettamente consapevole dell'impressione di kitsch che quella visione lasciava.

«Sai, mio marito ha un linguaggio particolare, dice: "Mettiamo un dieci milioni qui, un venti milioni là". Così si esprime».

«Non lo stimi molto, mi pare».

«Chissà dov'è adesso, e cosa fa».

«È il suo segreto».

Lei mi guardò per un attimo, di sfuggita. Con la sua ostentazione di ricchezza, la casa aveva qualcosa di freddo, anzi di... Lo capii mentre entravo nella stanza della bambina: di morto. Tutto in ordine, come un museo. Allora compresi anche perché voleva farmela vedere: era una casa fatta per essere vista, non per essere abitata.

Per ultima mi fece vedere la sua camera da letto, e questa mi sorprese per la sua semplicità: sembrava vuota, solo il letto, l'armadio, la toletta. Sopra il letto, qualcosa di sgargiante: un grande lampadario di maiolica, a spicchi coloratissimi.

«Questa stanza sembra appartenere a un'altra casa».

«Qui ho scelto tutto io».

Continuavo a fissare il lampadario, ma non sapevo ancora perché. Aveva una forma esagonale, con un disegno su ogni faccia. Sulla faccia esposta a noi si vedeva chiaramente la figura di un treno a vapore, in corsa: uno strano trenino, da bambini, con una locomotiva rossa rossa, che sprizzava un fumo bianco, e, dietro, un solo vagone, tutto nero, con le ruote enormi e pieno di finestrini con le tendine rosa. Sulle facce contigue, riuscivo a vedere, stando lì nel corridoio, da una parte una fontana, e dall'altra un arco teso, con la freccia incoccata.

«Dove l'hai preso?», domandai.

«In Giappone», rispose in fretta, con uno strano sorriso.

«Avevano questi treni, in Giappone?».

«Non lo so», rispose ancor più in fretta, e il suo sorriso mi parve ambiguo, tra la sfida e l'imbarazzo.

«Un bel lampadario», dissi per prendere tempo, «posso accenderlo?».

Lo accese lei. Acceso, mi parve, come dire, gioioso: una pioggia di colori, come le vetrate di una cattedrale. La locomotiva soffiava dal fumaiolo delle nuvolette bianco-azzurre, a spirali, e nella caldaia ardeva un fuoco rosso-nero, come quello dei vulcani. Le tendine dei finestrini erano tutte chiuse, come se i viaggiatori stessero facendo una festa, e non avessero nessuna voglia di guardar fuori.

«Perché un treno?», domandai, ma senza rendermi conto della domanda che facevo. Ero così lontano dal prevedere la risposta, che sulle prime non la capii nemmeno:

«Stai facendo le stesse domande dell'analista a Mavina».

Aveva parlato con calma, e con un tono che, se non si fosse trattato della Marina, avrei detto di provocazione: non aveva più nessun imbarazzo. Più che le parole, fu quel tono a farmi capire: e appena capii, mi vergognai di non aver capito subito, e sentii scendere su di me quell'imbarazzo che si era levato da lei.

«Ah, è così», dissi, per darmi un tono, ed entrai nella stanza, per girare attorno al lampadario. Dall'altra parte aveva uno snello animale, forse una gazzella, che rodeva il tronco di una palma; un serpente che si sarebbe detto dritto sull'attenti davanti all'incantatore; e nell'ultima faccia, stranamente, soltanto numeri, anzi un solo numero, variamente combinato, così: $1+1$, 1×1, $\frac{1}{1}$, $(1+1)^2$, 11, 1I, I1, 1I, $\sqrt{1+1}$, I, ... Cercavo ancora di capire, ma l'unico disegno che mi riusciva chiaro era quello del treno: perché me l'aveva spiegato lei.

«Tu sai... tu sai tutte queste cose?», e appena pronunciate queste parole, mi augurai che fossero un complimento.

«Sono una laureata», rispose, e forse anche lei, sentite le proprie parole, si sarà augurata che fossero scherzose. Parlava con voce impastata: aveva bevuto troppo.

«E cos'è...», dovevo scegliere, un simbolo valeva l'altro, bastava che non fosse il treno; poiché ero dall'altra parte del lampadario, e avevo quel simbolo davanti a me, scelsi un'operazione nella serie di numeri: «cos'è questa radice quadrata di uno più uno?».

«È un segreto»: adesso si mangiava la r. Era proprio ubriaca.

Forse potevo osare: «Sarà il nostro segreto».

«Non so se te lo meriti», rispose lei. Appena entrata nella stanza, barcollò: e me la trovai fra le braccia.

Avvertenze

Qualsiasi eventuale coincidenza con persone, luoghi o situazioni reali è del tutto involontaria. In qualche caso, il *test della sedia* è stato applicato con buoni risultati, e può darsi che un'eco mi sia rimasta nella memoria; alcune compagnie turistiche assicurano che da certi scogli sul Pacifico il canto delle balene si ode distintamente.

Postfazione
di Cesare De Michelis

Quando apparve la prima volta – nel febbraio 1989 – *Il canto delle balene* inaugurò una collana dell'editore Garzanti intitolata «I coriandoli», quasi a sancire la fine di qualsiasi pretesa totalità all'insegna di un'allegrezza liberatrice e di una programmatica brevità.

L'89 celebrò l'anniversario della rivoluzione di Francia seppellendo ogni attesa di definitiva rigenerazione in un clima al tempo stesso funereo e carnascialesco: da un lato era forte la disperata malinconia per la vanità di ogni sforzo progettuale e ideologico, dall'altra irrefrenabile montava la gioia dinanzi ai vincoli che improvvisamente si scioglievano, alle impensate opportunità che si aprivano.

Degli anni ottanta – gli ultimi della modernità che s'immaginava vincente – si è sinora capito assai poco e troppo spesso si è provato a sbarazzarsene scrollando le spalle: il riflusso si è detto, immaginando la fiacca dopo l'alta tensione del decennio precedente, una sorta di pausa per riprendere il fiato, mentre il corso – la corsa – della storia continuava veloce e c'era, dunque, il rischio di restare attardati.

Invece no, questa volta la musica era davvero cambiata, a furia di correre si erano esaurite anche le ultime risorse, erano sfumate le estreme speranze, e le «magnifiche sorti e progressive» avevano rivelato la loro desolante pochezza.

Era tempo di bilanci, altro che di sogni o illusioni, e ad accorgersene tra i primi ci fu soprattutto chi aveva da tempo cominciato a misurare l'entità del disastro che la modernità aveva prodotto.

Di sé Ferdinando Camon disse in quei mesi: «Credo di essere un narratore di quel che va perduto», e intanto portava a termine la puntigliosa revisione dei suoi primi due romanzi, *Il quinto Stato* (1970) e *La vita eterna* (1972), riuniti definitivamente in un solo volume sotto il titolo *Romanzi della pianura* a «descrivere le grandezze e le miserie del Veneto contadino» per chi ne ha smarrito persino la memoria e non ne sa davvero più niente, e tra questi lo scrittore metteva «anche i veneti di oggi», ignari ormai della loro stessa identità, passata e presente. Al termine di un incontro con i suoi lettori, a Oderzo (Treviso), si sentì fare questa profezia: «Se nasce il Veneto come stato nuovo, lei diventa il nostro Omero»: l'ignoto lettore voleva dire «il narratore della nostra preistoria».

Quell'epica controstoria delle genti della «bassa», se mai all'origine era stata testimonianza di un'esperienza diretta dalla quale l'autore era uscito con uno strappo doloroso, ormai era diventata una vicenda universale, emblematica della definitiva scomparsa della civiltà contadina, di quello cioè che – ripetendo una definizione di Charles Péguy – Camon sente come «il più grande evento della storia, dopo la nascita di Cristo».

Tornandoci su, venticinque anni dopo la primitiva stesura, lo scrittore sa bene di aver chiuso un conto rimasto a lungo sospeso e sa anche che intanto il mondo ha voltato pagina: su quell'universo perduto ormai si possono solo versare lacrime di pietà, ma sul nuovo lo sguardo corre preoccupato e incerto, esso appare assai diverso da qualsiasi premeditata attesa, da qualsiasi vagheggiata speranza, niente affatto rassicurante, anzi imprevisto e imprevedibile.

Eppure – le antenne ritte a cogliere il cambiamento – Camon la svolta l'aveva immediatamente percepita, inaugurando gli anni ottanta con un nuovo «ciclo» della sua narrazione: se al «ciclo degli ultimi» – durante gli anni settanta – s'era contrapposto solo *Occidente* (1975) –, primo tempo di un inconcluso «ciclo del terrore» –, il decennio successivo s'era aperto con il «ciclo della famiglia» e si chiudeva, con uno scarto più interiore che tematico, con quello «della coppia», inaugurato dal *Canto delle balene*, senza peraltro che né l'uno né l'altro potessero immaginarsi compiuti.

La svolta sarà definitiva solo al centro di questi anni novanta, quando – nel '96 –, aggiunto un estremo capitolo a quello «degli ultimi» – *Mai visti sole e luna* (1994) –, con *La terra è di tutti* iniziava – questo sì davvero antitetico e complementare a quell'altro originario – il «ciclo dei primi», segno inequivocabile che un nuovo mondo pretendeva di essere esplorato e conosciuto e che la cesura, il salto erano ormai interamente compiuti, senza remissione.

La famiglia prima e la coppia in un secondo tempo erano stati il microcosmo – anzi i nomi di un microcosmo affettivo e sociale – nel quale misurare la profondità dello scarto, l'irreversibilità del cambiamento; non per caso, quindi, il secondo suonava riduttivo rispetto all'altro e subito rinnegava se stesso, tanto che perfino quella minima aggregazione sociale si annuncia già esplosa nella prima riga del *Canto delle balene*.

Tutti i romanzi di Camon degli anni ottanta hanno al centro l'esperienza della psicoanalisi come luogo privilegiato di un confronto tra la salute e l'angoscia, tra la natura e la storia, nel quale paradossalmente, e non senza effetti di sorprendente comicità, le parti si invertono, il mondo si rovescia, per rivelare la sua segreta realtà, il suo malconcio meccanismo.

Sul lettino il paziente ritrova la parola e doppia la vita, misura l'abisso che separa l'una dall'altra, riconosce il tradimento di qualsiasi memoria, assapora il piacere e la disperazione della rimozione e della dimenticanza, mette alla prova la miseria della ragione di fronte alla radicale separatezza dell'altro; là – nella donna soprattutto – dove potrebbe forse riaccendersi il fuoco di una passione, di un sentimento che illumini il sentiero lungo il quale dobbiamo procedere.

L'ottimismo della guarigione, la speranza di un'identità riconquistata si affacciano appena nella conclusione della *Donna dei fili* (1986), quando la protagonista immola sul fuoco i quaderni della sua analisi; ma è appena un bagliore immaginato nell'«altro» a prezzo comunque dell'azzeramento della scrittura.

I conti non tornano, i personaggi ancora una volta si ribellano, traditi dalla inattendibilità del racconto, dalla sua irrimediabile parzialità. La vita è altra cosa dalla letteratura. Camon raccoglie in uno straordinario libretto – *I miei personaggi mi scrivono* (1987) – le grida di una rivolta che rimette in discussione tutto il suo lavoro, il senso stesso del suo «mestiere di scrittore», che denuncia il tradimento della memoria, l'insufficienza della ragione e dei suoi strumenti ideologici, l'impotenza della parola di fronte alla realtà: «la letteratura rende la vita più dolce, non più vera» conclude.

Siamo al dunque, al fatidico '89, Camon si dibatte tra le aggressioni dei suoi personaggi e la riscrittura dei primi romanzi: forse solo «quel che è perduto» può accontentarsi dell'effimera vita delle parole; solo il vuoto della dimenticanza, il nulla dell'oblio giustificano la pietà del racconto, la sua impotente e disperata elegia. O la borsa o la vita intimava il gaglioffo, ed è sempre così, perché senza l'altra l'una è assolutamente priva di senso, ma che senso avrà mai quest'ultima se non può essere detta?

Il canto delle balene comincia proprio da qui, dalla sua indicibilità: «Fanno: Fìììì» racconta la moglie eccitata dopo essersi affacciata al Pacifico per ascoltare i cetacei, e la figlia, altrettanto decisa, dice invece: «Fanno: Mùùùù», senza possibilità di smentita e tanto meno di controprova.

Di fronte alla complessità dei problemi che lo investono e alla insufficienza dei suoi sentimenti, al narratore non resta altro, insomma, che una scrittura allusiva e metaforica; di parlar d'altro perché qualcuno intenda, persino a costo di essere oscuro o equivoco, anzi di essere certamente equivocato, perché la letteratura e la vita procedono comunque distinte.

Ben si capisce, dunque, l'insicurezza dei recensori di fronte a questo nuovo Camon e se alcuni – da Cigada a Golino – se ne sbarazzano con supponente alterigia, infastiditi da una comicità che a loro sembra prevedibile, soltanto perché affatto priva di nostalgia per quel mondo di saldi valori che loro considerano soltanto trascurato e offeso dalla superficialità del presente, altri – da Baldacci a Mondo a Sgorlon, da Bonura a Marabini a Pampaloni – descrivono solidali la novità dell'impresa senza indagarne a fondo il significato, senza misurarsi con questo desolato bilancio.

Eppure che l'apologo nascondesse qualcosa fu il sospetto di molti, che con strumenti assai vari si provarono a forzarne il segreto, sempre tuttavia in una chiave simbolica, ora psicanalitica – Gramigna –, ora più dichiaratamente ideologica – Galetto, Satta e Lanaro –, in una prospettiva comunque tutta interna all'opera di Camon. Forse più a fondo di tutti cercò di andare Saveria Chemotti, sottolineando la frattura ideale che contrapponeva *Il canto delle balene* a tutte le opere precedenti, come una sorta di drammatica abiura: «se infatti "gli altri" libri si potevano circoscrivere entro una sola parola, delazione, "questo" poggia su una lunga sorprendente invettiva "contro" la delazione», la quale, quindi, «sembra trasformarsi in un "boomerang"».

L'autore aveva anche spiegato che il suo era un amaro bilancio, «un'epigrafe per la generazione dei cinquantenni – la mia – che ha provato tutto e perso tutto», e che in questo senso – come altrettanti saldi passivi – andavano interpretati i cinque brindisi con i quali, come veri e propri sopravvissuti, gli amanti celebravano i fasti del loro passato inneggiando ora «ai grandi amori mai conosciuti», ora «ai cercatori di Dio che han perduto se stessi», ora «a coloro che fermano i passanti, per leggergli due righe», ora «a quelli che sentono il canto delle balene», ora, infine, «a coloro che vanno da un sordomuto, per comprare una parola».

In fondo *Il canto delle balene*, qualche mese prima che il muro di Berlino venisse travolto da una festosa rivolta popolare che sanciva la fine di un'era – quella appunto della modernità –, cercava di misurarne le conseguenze, e per farlo ricominciava da capo – proprio «partendo dall'inizio» – a percorrere la storia individuale e quindi quella dei propri amori, della propria famiglia, delle attese che l'avevano diretta, dei valori sui quali si era fondata.

Non c'è niente da ridere, eppure non c'è altro da fare: il risultato è paradossale, nulla è al suo posto, tutto si è ridicolmente capovolto.

Alla coppia moglie-marito si sostituisce quell'altra, nient'affatto sentimentale, anzi professionale e scientifica, ma anche ostile e aggressiva, paziente-analista; il «segreto» che rende possibile l'identità non è solo svelato, ma profanato, e di conseguenza la possibilità stessa di continuare il tran-tran della propria quotidiana esistenza è messa duramente alla prova.

Il canto delle balene è organizzato esattamente come un testo teatrale: un prologo e tre atti, a loro volta suddivisi in paragrafi che corrispondono ad altrettante scene. È, insomma, più che un racconto una commedia, che fa irresistibilmente ridere fin quasi alle lacrime, le quali sgorgano giustificate quando ci accorgiamo di stare ridendo di nient'altro che di noi stessi, delle nostre povere sicurezze, della nostra meschina arroganza, destinata anch'essa a essere calpestata e umiliata dalla vita.

«Questa è la storia di come ho tradito mia moglie e non ne sono affatto pentito» inizia cantando il protagonista, ed è un pover'uomo costretto dalla moglie in analisi a partecipare a una seduta collettiva nella quale si svelano tutti i segreti della loro intimità coniugale: «Prima la mia vita intima era mia, adesso non ho più niente di segreto».

La seduta è esilarante proprio perché involontariamente crudele fino allo strazio: lo psicoanalista parla un italiano storpiato, come certe maschere della commedia dell'arte o certi personaggi del cabaret, e recita serio la parte dello scienziato straniero che la sa lunga, molto più lunga di un comune mortale, ma poi ti imbroglia come un ciarlatano qualsiasi.

Moglie e marito si sottopongono al test della sedia, che «in qualche caso – ricorda l'autore – è stato applicato con buoni risultati», e cominciano a discorrere con il luminare di come fanno all'amore, delle posizioni che assumono, dei loro gesti segreti.

«Ogni coppia – esplode il protagonista – si regge sul segreto sessuale e sulla complicità. Ogni coppia fa cose che nessuno saprà mai: per questo è una coppia», invece nel test tutto viene pazientemente detto e rivelato, senza discrezione né misericordia, fin che l'uomo resta nudo di fronte alla moglie e all'analista che formano un'«altra coppia», diversa e alternativa.

All'uomo, spogliato di qualsiasi difesa, non resta altro che maledire l'epoca in cui è nato, imprecando contro il destino: ripercorrendo la sua storia d'amore, il romanzo della sua vita, l'uomo ritrova i segni premonitori di una sconfitta annunciata sin dal principio. I ruoli tradizionali dell'uomo e della donna, subiti quasi incoscientemente, cancellano ogni aura ai sentimenti che pure ci sono stati, trasformano l'idillio nella parodia dello stesso, vanificano l'identità dei personaggi, riducendoli a semplici marionette nelle mani di un diabolico e misterioso burattinaio.

«In realtà l'uomo non sceglie mai», conclude desolato il pover'uomo, cercando invano un modo per sfuggire al proprio destino: a raccontarlo il suo innamoramento diventa un romanzetto rosa comicamente scontato, ridicolmente prevedibile, senza più emozioni né colpi di scena. «Era impossibile che la Mavina non si sposasse: era nata sposa», e così è stato, senza rimedio.

La ribellione del marito tradito lo conduce dritto dritto tra le braccia di una vecchia amica, la compagna prediletta della moglie prima del matrimonio, unica alternativa possibile, almeno per un momento, al suo destino di vinto.

L'incontro tra i due, tanti anni dopo, è grigio quanto le frustrazioni che si portano addosso: in realtà ritrovandosi non s'intendono affatto, persino i ricordi piuttosto che unirli li separano. Eppure finiranno l'uno tra le braccia dell'altra, leggermente alticci per darsi coraggio, disperatamente soli, con i pochi segreti salvati al test dell'analista selvaggio: «Ognuno ha qualche segreto, che nessuno scoprirà mai».

La donna ha un lampadario giapponese sgargiante e misterioso, che illumina la nuova alcova, un lampadario di maiolica, grande e colorato, a sei facce, ciascuna illustrata con immagini tanto semplici quanto immediatamente evocative e simboliche: un trenino in corsa, una fontana, un arco «con la freccia incoccata», una gazzella, un serpente, e una serie assai lunga di combinazioni e di intrecci tra due numeri «1». Quando il protagonista proverà a chiederne spiegazione, si troverà inevitabilmente accusato delle stesse colpe che egli rimproverava all'analista: sta spiando nei segreti sessuali delle altre coppie.

La modernità vìola il segreto e disintegra la società, la memoria confonde i ricordi dividendo persino quello che insieme si è vissuto, la complicità si fonda su un patto omertoso, così che una coppia è soltanto una «banda», pronta a scontrarsi con il resto del mondo.

Se conoscere significa tradire, se scoprire i segreti vuol dire cominciare a morire, la scrittura ha vita corta e accidentata: c'è qualcosa di marcio in questo mondo, in questa vita come l'abbiamo vissuta; c'è qualcosa, anzi molto, che non va.

Averlo detto per tempo, con tanta desolata coscienza, con tanta lucida disperazione, è stato ed è il non piccolo merito di Camon.

Baldacci Luigi, *Lo stato delle cose*, «Europeo», 16 aprile 1989

Bonura Giuseppe, *C'è un ladro in camera da letto*, «Amica», 24 aprile 1989

Chemotti Saveria, *La vendetta di un uomo messo a nudo*, «Il Mattino di Padova», «La Nuova Venezia», «La Tribuna di Treviso», 24 marzo 1989

Cigada Piero, *Il raccontino scontato con il canto delle balene*, «Il Sole 24 Ore», 21 maggio 1989

De Michelis Cesare, *Coppie nude*, «Il Gazzettino», 18 marzo 1989

Galetto Giulio, *Apologo sul filo del grottesco*, «L'Arena», 5 aprile 1989

Golino Enzo, *La scivolata di Camon*, «Millelibri», marzo 1989

Gramigna Giuliano, *Lo strizzacervelli entrò nel letto della giovane eroina*, «Corriere della Sera», 26 marzo 1989

Lanaro Paolo, *Narrativa italiana*, «Leggere», luglio 1989

Marabini Claudio, *Coppia borghese con tradimento*, «Il Resto del Carlino», 23 marzo 1989

Mondo Lorenzo, *Un addio tenero-ironico alla psicanalisi*, «La Stampa-Tuttolibri», 23 marzo 1989

Pampaloni Geno, *Erotismo e disillusione*, «Il Giornale», 19 marzo 1989

Portinari Folco, *In difesa del segreto*, «Panorama», 13 agosto 1989

Satta Luciano, *Ovunque sia, pare sempre a letto*, «Il Giornale», 23 aprile 1989

Sgorlon Carlo, *La psicoanalisi annienta-coppia*, «Il Piccolo», 13 marzo 1989

Indice

Finito di stampare il 20 aprile 2000
dalle Industrie per le Arti Grafiche Garzanti-Verga s.r.l.
Cernusco s/N (MI)